# 두 개의
## Dual
# 시선
## Sight

# 두 개의 시선
## Dual Sight

발행일     2023년 4월 26일

지은이     서인부
펴낸이     손형국
펴낸곳     (주)북랩
편집인     선일영                         편집   정두철, 배진용, 윤용민, 김부경, 김다빈
디자인     이현수, 김민하, 김영주, 안유경, 신혜림    제작   박기성, 황동현, 구성우, 배상진
마케팅     김회란, 박진관
출판등록   2004. 12. 1(제2012-000051호)
주소       서울특별시 금천구 가산디지털 1로 168, 우림라이온스밸리 B동 B113~114호, C동 B101호
홈페이지   www.book.co.kr
전화번호   (02)2026-5777                    팩스   (02)3159-9637

ISBN      979-11-6836-848-4  03810 (종이책)     979-11-6836-849-1  05810 (전자책)

**(주)북랩** 성공출판의 파트너

북랩 홈페이지와 패밀리 사이트에서 다양한 출판 솔루션을 만나 보세요!

**홈페이지** book.co.kr   •   **블로그** blog.naver.com/essaybook   •   **출판문의** book@book.co.kr

**작가 연락처 문의 ▸ ask.book.co.kr**

작가 연락처는 개인정보이므로 북랩에서 알려드릴 수 없습니다.

서인부 장편소설

두 개의 시선

Dual Sight

다른 사람이 보고 있는 것을 볼 수 있는 능력이 생긴다면
우리는 행복해질까, 불행해질까?

독특한 상상력으로 독자를 공포의 세계로 끌어들이는
서인부의 두 번째 장편소설!

 북랩

# 목차

# 001

# *Dual sight*

벌써 열한 시가 넘었다. 오늘은 수요일. 이런 평일 늦은 밤에는 강변에 사람이 그리 많지 않다. 밤이긴 하지만 그리 춥지 않은 날씨 덕분인지 벤치에 앉아서 가볍게 맥주 한 캔을 마시는 사람도 있고, 천천히 음악을 들으며 산책을 하는 사람도 볼 수 있다. 하지만 나처럼 빠르게 달리기하는 사람은 거의 보기 힘들다. 그래서 그런지 내가 빠르게 좁은 길을 뛰어갈 때면 '왜 저래'하는 느낌으로 쳐다보는 사람들의 시선을 간혹 느낄 수 있다. 나는 집 근처에 있는 이곳에 매일 저녁 운동을 하기 위해 나온다. 퇴근하고 운동을 시작하는 아홉 시쯤에는 그래도 사람이 꽤 있는 편이다. 대부분 식사 후 산책을 하는 사람들인 듯하다. 매일 같은 시간, 같은 장소로 나오다 보니 꽤 익숙한 얼굴의 사람들도 만나는 편이다. 하지만 나는 계속 뛰어다니기 때문에 가벼운 묵례 정도로 인사를 대신한다. 나는 그리 멀리까지 가지 않고, 30~40분쯤 간 뒤 다시 출발한 장소로 되돌아오는데, 처음에 봤던 사람을 다시 만나는 경우는 많지 않다. 아무래도 대부분 사람은 보통 한 시간이 되기 전에 집으로 가기 때문인 것 같다. 하지만 나는 보통 두세 시간 정도 달리고 나서야 집에 간다. 특별한 일정이 없을 때는 항상 이 시간에 나와서 지칠 때까지 운동하고 집에 간다.

벌써 몇 년째 이렇게 생활하다 보니 주위에선 내가 운동 중독이거나, 몸에 특별한 병이 있어서 운동을 꼭 해야만 하는 이유가 있는 것으로 생각하는 사람들이 종종 있다. 하지만 절대 그런 건 아니다. 난 사실 운동을 싫어하고, 움직이는 것도 별로 좋아하지 않는다. 거실 소파에 앉아 TV로 영화나 보는 것이 제일 좋다. 이렇게 운동을 하는 것은 잠을 잘 자기 위해서이다. 불면증이 있는 것은 아니다. 이렇게라도 해서 몸을 피곤하게 만들어야 잠을 제대로 잘 수 있기 때문이다.

사실 나에겐 특별한 능력이 하나 있다. 매우 특별한 능력이지만 아무에게도 말하지 못했다. 왜냐하면 아무도 나를 믿어줄 사람이 없다는 것을 나는 일찌감치 깨달았기 때문이다. 나는 눈을 감으면 다른 누군가의 시선이 보인다. 눈을 감고 2~3초 정도가 지나면 내가 아닌 다른 사람이 보고 있는 장면이 그대로 보이는 것이다. 정확히 언제부터 이런 능력이 생긴 것인지는 확실치 않다. 막연히 어렸을 때부터였던 것 같은데, 아마 초등학교 때부터 뭔가 흐릿하게 보이기 시작했던 것으로 기억한다.

내가 다니던 초등학교에는 일주일에 한 번 '명상의 시간'이라는 시간이 있었다. 다 같이 눈을 감고 자리에 앉아서, 교실 스피커에서 들려 나오는 좋은 이야기를 전교생이 다 같이 듣는 시간이었다. 물론 친구들은 눈을 감지 않고, 선생님 몰래 장난을 치며 놀았지만, 난 이 시간을 매우 좋아했었기에 항상 눈을 꼭 감고, 이야기에 집중했었다. 어느 날은 눈을 감고 이야기를 듣고 있는데, 뭔가 보이기 시작했다. 정확히 어떤 형체가 보인 것은 아니었지만 희미한 불빛이 보였고, 나는 내가 이야기에 집중해서 이야기 속으로 빠져드는 것으로 생각했다. 나는 집에 와서 어머니께 이 이야기를 했었다.

"엄마, 나 오늘 명상의 시간에 무슨 일이 있었는지 알아?"

"글쎄, 오늘은 무슨 이야기가 나왔는데?"

"응, 천국이랑 지옥에서 쓰는 숟가락 이야기였는데, 무슨 이야기였냐 하면…. 아니다. 그게 중요한 게 아니고, 내가 눈을 감고 이야기에 집중했더니, 내가 그 이야기에 들어간 것처럼 눈에서 뭔가 보이는 거야!"

"아, 그래? 대단하네. 우리 민형이는 집중을 잘하는구나?"

그래서 나는 그 뒤로도 명상의 시간에는 더욱더 집중하며 이야기를 들었고, 흐릿하지만 뭔가를 계속 볼 수 있었다.

중학교에 접어들면서는 점점 뚜렷하게 보이는 것이 느껴졌다. 사람의 얼굴을 구분하고 글씨를 읽을 정도는 아니었지만, 어떤 형태인지, 무슨 물건인지 등을 구분할 정도가 되었다. 그렇게 되면서 처음에 생각했던 것처럼 내가 어떤 생각에 집중할 때만 그 생각 속으로 빠져들어 가는 것은 아니란 것을 알게 되었다.

그러다 고등학교에 들어간 이후에는 어떤 게 내가 보고 있는 것이고, 어떤 게 다른 시선인지 구별을 못 할 정도로 선명하게 볼 수 있게 되었다. 뚜렷이 볼 수 있게 되자 이 시선을 보는 일에 푹 빠져서, 툭하면 눈을 감고 다른 시선을 보는 일에 몰두했다. 다른 사람이 사는 것을 엿보는 일은 학교, 집만을 오갔던 나에게는 정말 재미있는 일이었다. 마치 영화 트루먼 쇼에서처럼 다른 사람이 사는 것을 그 사람 몰래 지켜볼 수 있는 것이었다. 그리고 영화와는 다르게 일인칭 시점으로 직접 그 사람이 된 것처럼 볼 수 있었기 때문에 마치 게임을 하는 것 같은 느낌이었다. 다만 소리를 듣지 못하는 것이 유일한 차이점이었다.

　우선 내가 보는 시선이 진실인지 허구인지 구별하는 것이 가장 먼저 해야 할 일이었다. 그래서 나는 시선 속에 보이는 시계를 자세히 살펴봤다. 시간은 실시간이 확실했다. 눈을 감았을 때 보이는 시계와 눈을 떴을 때, 즉, 내가 직접 보는 시계의 시각이 서로 같았기 때문이다. 나는 이 모든 것이 너무나 신기했고, 많은 시간을 다른 사람의 시선을 보는 일에 투자했다. 하지만 이 능력 때문에 나에게는 점점 힘든 일이 많이 생기게 되었다. 우선 이 능력을 사용하기 위해서는 눈을 감고 있어야 했는데, 수업 시간에 조는 것으로 오해받아 선생님께 혼나는 일이 많았다. 또 등하굣길 버스 안에서 자리에 앉아 눈을 감고 있던 적도 많았는데 버스에서 내려야 할 정거장을 지나치는 일도 많았다. 그런데 이 정도는 수업 시간을 피하고, 버스에서도 틈틈이 눈을 떠 정류장을 확인하기만 하면 되니 그렇게 힘든 일은 아니었다. 힘든 일은 멀미였다. 내가 눈을 감고 다른 사람의 시선을 보게 되면 내 시각은 다른 사람이 보는 것을 따라가지만 내 몸의 다른 감각은 그대로 남아있어서 멀미가 나는 일이 많았다. 내가 앉아 있을 때 내가 보는 그 누군가도 가만히 앉아만 있으면 아무 문제가 없었지만, 그 사람이 뛰거나 차를 타거나 하면 나 역시 어지럽고, 심할 땐 구토도 하곤 했었다.

가장 힘들 때는 밤이었다. 밤에 잠을 자기 위해 눈을 감아도 눈을 감은 게 아니었기 때문이다. 다행히 그 사람이 자고 있을 때는 깜깜한 장면만 보이기 때문에 편히 잠들 수 있었지만, 그 사람이 깨어있는 시간에 내가 자려고 할 때는 눈을 감아도 너무 밝아서 쉽게 잠을 잘 수가 없었다. 그래서 그 누군가가 늦게 자는 날엔 나도 어쩔 수 없이 그 사람이 잘 때까지 기다리는 수밖에 없었다. 결국 난 그 사람이 자고 나서야 잠을 잘 수 있었고, 그 사람이 일어나면 어쩔 수 없이 일어나야 했다. 이 능력 때문에 내 학교생활은 점점 힘들어져 갔다. 항상 피곤했지만, 일찍 자거나 늦잠을 잘 수도 없었고, 낮잠은 더욱더 잘 수가 없었다. 눈이 피곤할 때도 눈을 감고 있으면 몸이 더 피곤해지는 일이 많았기 때문에 눈을 오래 감고 있을 수도 없었다.

상황이 이렇다 보니 이 문제를 해결할 방법을 찾아야만 했다. 점점 이 피곤한 능력을 덜 쓰기 위한 방법을 찾기 시작한 것이다. 우선 난 최대한 눈을 짧게 깜박이기 시작했다. 눈을 깜박이지 않을 수는 없지만, 길게 감고 있지만 않으면 다른 사람의 시선을 보지 않을 수 있었다. 그리고 최대한 운동을 많이 하면서 몸을 피곤하게 만들기 시작했다. 몸이 피곤할 때는 밤에 눈을 감고 다른 사람의 시선이 보이더라도 비교적 어렵지 않게 잠을 잘 수 있었기 때문이다. 그리고 내 방에는 암막 커튼을 달아서 최대한 어둡게 했고, 안대까지 끼고 잠들 준비를 했다. 이렇게 하면 눈을 감지 않아도, 아니 내 상황에서는 눈을 감은 것보다 더 깜깜한 상황이 되었고, 금방 잠이 들 수 있게 되었다. 이렇다 보니 내가 눈을 감고 잠이 드는 것인지 아니면 눈을 뜬 채로 잠이 드는 것인지는 확실치 않다. 혹시나 내가 눈을 뜬 채로 잠을 자는 것일까 봐 집뿐만이 아니라 다른 곳에서 잘 때도 꼭 안대를 끼고 자는 습관이 생기게 되었다. 이렇게 계속 노력하자 그 사람의 시선에 신경 쓰지 않고 생활할 수 있었고, 그렇게 된 지 벌써 몇 년이 되었다. 이젠 특별한 일이 없다면 일반 사람과 똑같은 생활을 하고 지낼 수 있는 것이다.

다만 조금 걱정이 되는 것은 내 체력이다. 운동을 계속하다 보니 내 체력은 점점 좋아졌고, 지칠 때까지 운동하기 위해서는 점점 운동량을 늘려야 했기 때문이다. 처음에는 한 시간 정도 동네를 걷기만 해도 잠을 푹 잘 수 있었는데, 점점 시간을 늘려야 했고, 얼마 후에는 걷는 것에서 뛰는 것으로 바꿔야만 했다. 요즘은 두세 시간은 뛰어야 잠이 잘 올 정도가 되었는데 여기서 더 늘려야 하면 이제 뭘 해야 할까 슬슬 고민이 되기 시작했다. 집까지 뛰어와서 샤워하고 잘 준비를 마쳤다. 11시 45분. 오늘도 열두 시 전에는 잠을 잘 수 있을 듯하다. 이제는 좀 익숙해졌지만 난 항상 자기 전에 작은 소원을 빈다. 오늘도 내가 눈을 감았을 때 제발 깜깜하기를….

# 002

# *About him*

나는 내가 눈을 감았을 때 보는 시선, 그 사람에 대해 꽤 많은 것을 알고 있다. 시선이 꽤 뚜렷하게 보이기 시작했을 때는 이 신기한 능력에 푹 빠져있었고, 마치 다른 사람이 되어 사는 것처럼 눈을 감고 그 사람의 시선으로 꽤 오래 지내봤기 때문에 그에 대해 많이 알게 되었다.

먼저 나이. 고등학교 때로 기억하는데 그도 나와 같은 고등학생이었고, 학년은 나보다 한 학년 아래였다. 내가 그의 시선으로 그의 책상에서 그가 책을 꺼내는 것을 여러 번 봤었는데 교과서는 나보다 1년 늦은 학년의 교과서였기 때문이다. 그리고 이름은 이영후였다. 1학년 12반 38번 이영후였다는 것까지도 기억하고 있다. 그리고 그가 사는 곳은 부산이었다. 난 인천에서 쭉 살았기 때문에 부산에 가본 적이 없었고, 심지어 지금까지도 부산에 가본 적이 없다. 하지만 그가 길을 걸어 다닐 때 보이던 상가들의 전화번호에서 지역번호 051을 봤었고, 어렵지 않게 그 지역번호가 부산이란 것을 알아낼 수 있었다.

가족은 확실치 않다. 다른 형제를 본 적은 없으며, 어머니조차도 본 일이 없었다. 아버지로 보이는 사람과 같이 있는 것은 여러 번 본 적이 있지만 그리 사이가 좋아 보이지는 않았다. 왜냐면 그 아버지 표정은 항상 어두웠던 것으로 기억이 나기 때문이다. 가족뿐만 아니라 친구들도 많아 보이진 않았다. 학교에서나 학교 밖에서나 누구와 어울리는 것은 별로 본 적이 없었고, 항상 혼자서 지냈던 것으로 기억한다. 사실 내가 그에 대해 이렇게 아는 기억은 아마 십 년 전쯤의 기억이 대부분일 것이다. 한참 호기심 있게 그의 시선을 관찰했던 때가 고등학교 때였는데, 그의 일상이 너무나 단조로웠기 때문에 점차 흥미를 잃었었다. 그나마 그가 고등학교에 다닐 때는 친하지는 않아도 학생이 많은 학교에 다녔기 때문에 학교 수업 시간이나, 다른 친구들을 볼 수 있어서 그렇게까지 지루하진 않았지만, 어느 때부터인지 그는 병원으로 보이는 곳에서 지내고 있었고, 내가 볼 수 있는 대부분의 시선은 병원 입원실 천장, 창문 밖에 있는 나무, 그 정도가 전부였다. 그러고 보니 그는 꽤 오랫동안 어디가 아팠는지 병원에 입원해 있었던 것 같다. 그 이후 내가 의식적으로 그의 시선을 보지 않기 위해 많이 노력했던 점도 있었지만, 그의 시선에 점차 흥미를 잃어가기 시작했던 것도 그 시점부터였던 것 같다. 그래서 그 뒤로는 그에 대해 새롭게 알게 된 것은 없었고, 그가 나와 연결되어 있다는 사실도 거의 잊고 지냈던 것 같다.

# 003

# Visitor

나는 최근 몇 년 동안 무관심과 운동 등의 충분한 노력으로 인해 그 사람의 시선으로부터 자유로운, 거의 정상인에 가까운 생활을 해오고 있었다. 잠잘 때를 제외하면 어차피 낮잠을 자거나 명상하지 않는 이상 그의 시선에 영향을 받지 않고 지낼 수 있었다. 그리고 아마도 그도 나와 비슷하게 규칙적인 생활을 하고 있어서 그런지 잠을 자는 시간도 거의 겹치는 게 아닌가 생각이 들었다. 대부분 밤에 눈을 감으면 거의 깜깜했기 때문이다. 그래서 운동은 계속했지만, 그에 대해서는 거의 잊은 채 잘 지내고 있었다.

그런데 나에게 예상치 못한 일이 생기게 되었다. 바로 미국 출장이었다. 아직 입사한 지 1년이 되지 않은 신입 사원인 내가 미국에서 열리는 모터쇼를 참관할 기회를 얻게 된 것이다. 그전까지 해외는커녕 제주도에도 가본 적이 없었던 나는 비행기를 타본 적도 없었다. 그리고 특히 신입 사원에게 이런 기회가 주어지는 일이 거의 없다는 선배들의 말에 너무나 기쁘게 출장을 가겠다고 했다. 그렇게 미국 디트로이트로 가는 비행기에 타게 된 것이다. 디트로이트와 한국의 시차는 14시간이다. 쉽게 말해 한국과 미국은 낮과 밤이 반대인 생활을 하는 것이다. 내가 미국에서 낮에 생활할 때는 나와 연결된 그는 한국에서 자고 있을 시간이기 때문에 오히려 한국에 있을 때보다 편하게 지낼 수 있다, 언제나 눈을 감아도 깜깜할 테니까 말이다. 하지만 반대로 내가 미국에서 밤에 자야 할 때는 그는 한참 눈을 뜨고 활동할 시간이다. 그래서 나는 잠을 제대로 잘 수 있을지 걱정이 되었다. 물론 안대를 챙기긴 했지만 깜깜한 밤에 환한 낮 시선을 봐야 하는 것은 여전히 두려운 일이었다.

하지만 처음으로 하는 해외여행 탓인지 시차 적응을 잘하지 못했는데, 그래서 며칠 동안의 일정 동안 나는 하루 일정이 끝나면 초저녁에 잠이 들고, 밤에는 오히려 깨어있는 등 밤낮이 바뀐 채로 매우 피곤한 날들을 보냈다. 그래서 잠을 자는 시간 자체도 적었고, 몸도 너무 피곤했기 때문에 다행히도 그의 시선에 크게 방해받지 않고 지낼 수 있었다.

그렇게 며칠을 지내고 어느덧 출장 일정 마지막 날 밤이 되었다. 이제 몸이 시차에 적응할 만했는데 벌써 마지막 날이라니 너무 아쉬웠다. 특히나 첫 해외여행을 너무 허무하게 보내버린 것 같아서 많이 후회됐다. 출장을 같이 간 회사 선배들은 낮에 일정이 끝나면 저녁 시간에 주변 관광도 하고, 마트나 식당에도 들러 재밌는 시간을 보냈던 것 같았다. 그런데 나는 거의 매일 초저녁에 잠을 자느라 저녁도 같이 먹지 못했고, 밤이나 새벽에 일어나서는 낮에 챙겨놓은 간식 정도로 허기를 달래는 식으로 며칠을 보냈다. 마침 회사 선배님들이 오늘은 혼자 방에 들어가지 말고, 술이나 한잔하자는 말에 난 주저하지 않고 선배들을 따라나섰다.

항상 규칙적으로 운동만 하던 나는 회식도 거의 참석하지 않았었기 때문에 정말 오랜만에 술을 마시는 것이었다. 대학교 때부터 회사에 다닐 때까지 술을 단 한 번도 즐긴 적은 없지만, 그렇다고 술을 아예 못 마시는 정도도 아니었다. 그런데 너무 오랜만에 마셔서인지 맥주 몇 잔 만에 금방 취해버렸다. 그래서 술자리가 시작된 지 한 시간도 되지 않아 선배님들에게 양해를 구하고, 먼저 호텔 내 방에 가서 누웠다. 몇 년 동안 쉽게 잠이 들기 위해 몇 시간씩 운동을 해왔던 것인데, 단 맥주 몇 잔에 이렇게 쉽게 피곤해질 수 있다니 '내가 그동안 왜 이렇게 쉬운 방법을 몰랐을까' 하는 생각이 들었다. 만약 운동이 아닌 술로 방향을 정했다면 맥주 몇 잔에서 몇 병으로, 다음엔 소주, 그다음에는 더 독한 술을 찾아가며 알코올에 중독되었을 수도 있었겠다고 생각하며 헛웃음을 지었고, 곧 나도 모르게 잠이 들어버렸다.

몇 시간쯤 잠을 잤을까? 맥주를 마신 탓인지 심한 갈증을 느끼며 잠에서 깼다. 잠은 깼지만 몸은 너무 피곤했고, 머리도 아팠기 때문에 쉽게 눈을 뜨지 못했다. 억지로 더 잠을 자 보려고 뒤척이고 있었다. 하지만 화장실이 급해진 나는 겨우 눈을 조금 뜨고 화장실에 다녀와 물을 마시고 다시 침대에 누웠다. 최대한 잠에서 깨지 않으려 다시 눈을 꼭 감고 애초에 깨지 않았던 것처럼 계속 잠을 자기 위해 노력했다. 그런데 이상한 꿈을 꾸게 되었다. 너무나 익숙한 광경이 눈앞에 보인 것이다. 바로 내 서울 자취방이었다. 내 침대, 내 책상, 싱크대, 텔레비전, 노트북, 냉장고 등 확실한 내 방이었다. 술이 덜 깬 건지 잠이 덜 깬 건지 비몽사몽이었기 때문에 꿈과 현실을 제대로 분간하기 어려운 상태였다. 그래서 꿈인가 보다 하고 생각했다. 아니, 난 꿈을 꾸고 있다. 아직 잠에서 깬 것이 아니라고 믿고 싶었다. 그런데 너무나 선명히 보이는 내 방의 모습에 점점 이상한 느낌을 받았다. 그리고 꿈이라면 내가 움직이는 대로 내 몸이 움직여야 하는데 내 몸은 내 의지와는 상관없이 움직이고 있었다. 애써 정신을 차리며 주의 깊게 시선을 보기 시작했다. 내 시선은 계속 방을 걸어 다니다가 방 한쪽 벽에 있는 거울을 향하게 되었다. 그런데 거울에 비친 것은 내가 아닌 이영후, 바로 그였다.

너무 놀라 눈을 떴다. 꿈이 아니었나? 다시 조심스럽게 눈을 감아봤다. 그의 얼굴을 본 것은 꽤 오래전 일이었지만 난 그의 핏기 없는 얼굴, 힘이 없지만 날카로운 눈빛 등을 기억해 낼 수 있었고, 거울에 비친 사람은 그 전보다 살이 빠지긴 했지만, 이영후 그가 분명했다. 눈을 뜨고, 침대에서 일어났다. 시계는 새벽 5시 36분. 아마 지금 한국은 저녁 7시 36분일 것이다. 내가 본 것이 꿈이 아니라면, 그는 지금 내 방에 와 있는 것이다. 이 평일 저녁에 왜 그가 내 방에 와 있는 것일까? 아니 그보다 어떻게 내 방에 들어가 있는 것일까? 믿어지지 않아 몇 번이고 눈을 감고 다시 시선을 확인해 봤지만 계속 그대로였다. 갑자기 머리가 너무 아파져 왔다. 도대체 어떻게 된 일일까?

애써 정신을 차리며 하나하나 따져보기로 했다. 우선 정말 내 방에 그가 와 있는 것일까? 다시 눈을 감아봤지만, 또다시 내 방이 보였고, 내 방 구석구석을 뒤지는 것을 볼 수 있었다. 그럼 도대체 어떻게 내 방에 들어갈 수 있었을까? 내가 사는 집은 시내 한복판에 있는 오피스텔로 으슥한 곳은 아니었기 때문에 몰래 침입을 할 수 있는 위치는 아니다. 1층 현관에 비밀번호를 눌러야 열리는 장치가 있긴 하지만 다른 사람이 들어갈 때 같이 들어간다면 충분히 들어갈 수 있는 구조다. 그렇다고 해도 내 집 잠금장치 비밀번호는 어떻게 알았을까? 나 혼자 사는 이 집의 비밀번호는 나밖에 모르고, 우리 어머니도 모르신다. 아주 가끔 어머니가 집에 오시긴 하지만 내가 없을 때 오신 적은 한 번도 없다. 집주인 아주머니도 집을 계약할 때 본 이후로는 전화 연락조차 한 번도 하신 적이 없다.

근본적인 질문부터 다시 생각해 봐야겠다. 어떻게 날 알았을까? 그냥 좀도둑인 그가 빈집을 찾아서 들어왔는데 그게 내 집이었을까? 그럴 확률은 정말 극히 낮아 보인다. 그렇다면… 정말 그렇다면 그도 내 시선이 보이는 것일까? 내가 그의 시선을 볼 수 있는 것처럼 그도 내가 보는 모든 것을 볼 수 있는 것일까? 정말 인정하기 싫을 만큼 끔찍한 일이지만 그게 사실이라면 이 모든 게 설명은 될 수 있다. 집 비밀번호도 내가 누르는 것을 봤다면 금방 외울 수 있었을 것이고, 내가 사는 집뿐만 아니라 나에 대한 모든 것을 알 수 있을 것이다. 당연히 내가 미국에 출장을 와 있는 것도 알고 있을 것이며 내 항공권 예약을 봤다면 내가 귀국하는 날짜, 시간 등도 모두 알고 있을 것이다. 남의 시선을 몰래 볼 수 있다는 것이 귀찮을 때도 있었지만 난 이 세상에 나만 가지고 있는 특별한 능력이라고 생각하고 살아왔는데. 막상 내가 당한다고 생각하니 너무나 끔찍하고, 내 사생활이 모두 공개된 것 같은 기분이 들었다. 내가 보고 있는 모든 것, 심지어 지금 호텔 방 침대에 앉아서 바라보고 있는 꺼진 TV조차 그가 보고 있을 수 있는 것이 아닌가. 그렇다면 그와 나는 그동안 어떤 이유에서인지 서로 연결되어 있었고, 서로의 시선을 공유하고 있던 것이다.

나와 그가 서로 시선이 연결되었다는 사실을 인정하고 나니 그가 지금 내 집에 와 있는 이유가 궁금해지기 시작했다. 왜 날 찾아왔을까? 사실 나는 고등학교 시절에 그가 내 친구이거나 내 가족이었으면 얼마나 좋을까 하는 생각을 한 적이 있었다. 내가 시험을 볼 때 그가 시험장이 아닌 곳에서 나 대신 책을 봐주고 있다면 훨씬 시험을 잘 볼 수 있었을 것이다. 그리고 눈을 감아도 다른 시선을 볼 수 있는 것을 잘 이용만 한다면 사기도 얼마든지 치고 다닐 수 있을 것이다. 마치 특별한 능력이 있는 점술사나 마술사 시늉도 할 수 있는 것이다. 그래서 예전에는 그를 만나고 싶어 했었다. 하지만 고등학교 때는 부산까지 혼자 갈 용기가 나지 않아 찾아가지 못했었고, 대학생이 된 이후부터는 오히려 이 능력을 쓰지 않기 위해 노력하면서 살았기 때문에 그를 일부러 찾지는 않았었다. 무엇보다도 막상 그를 만나면 이 능력을 어떻게 설명해야 할지 막막했기 때문이다. 아마 날 사기꾼이나 범죄자로 여길지도 모르는 일이기 때문이다.

그도 나와 비슷한 생각으로 날 찾아온 것일까? 난 고등학교 때부터 이 능력을 알게 됐지만, 혹시 그는 최근에 이 능력을 알게 되고, 이제야 나를 찾아온 것일지도 모른다. 난 그를 미리 알았지만 용기를 내지 못했는데, 그는 집에 몰래 들어간 방법은 좀 잘못됐지만 그래도 용기를 내서 나를 찾아온 것이다. 그래, 빨리 그를 만나 봐야겠다.

# 004

# *Encounter*

나는 귀국하는 비행기 안에서도 계속 그를 만날 생각뿐이었다. 막상 만나면 무슨 말을 해야 할까? 그는 나를 보면 무슨 말을 먼저 할까? 그가 날 찾아온 것이니 그가 먼저 나에게 말을 하겠지? 나 또한 그의 시선을 볼 수 있다는 것을 그는 아직 모를 텐데 이 사실을 알게 된다면 어떤 표정을 지을까? 내가 한 살 많으니 형이라고 부르라고 해야 할까? 서로를 너무 잘 아는 사이지만 한 번도 직접 만난 적은 없으므로 너무 어색할 것 같기도 하고, 너무 신기할 것 같기도 하다. 이 뭔가 이상한 기분은 설렌다는 표현이 어울릴 것이다.

비행기에서 내리자마자 일행들에게 빨리 인사를 하고, 서둘러 공항에서 리무진 버스를 타고 집으로 향했다. 미국에서 한국으로 오는 비행기 안에서도 그를 만난다는 기대감에 그 긴 시간 동안 잠을 거의 못 잤다. 그래서인지 내 몸은 아주 피곤했다. 하지만 앞으로 1시간 정도만 있으면 그를 직접 만날 수 있다는 생각에 너무 설레고 가슴이 두근거렸다. 같은 남자에게 이런 표현을 쓰는 것은 좀 이상하지만, 그와 나는 어찌 보면 '운명의 상대'인 것이다. 귀국하는 동안 잠깐씩 살펴보기로는 그는 내 집 근처 식당에서 끼니를 대충 해결하면서 내 집을 마치 자기 집처럼 들락날락하고 있었다. 내 공간을 누군가 마음대로 사용하고 있는 것은 그렇게 유쾌한 기분이 드는 것은 아니지만 그는 어찌 보면 내 가족보다 가깝고, 나와 특별한 능력으로 연결된 사람이므로 너무 기분 나쁘게 생각하면 안 되겠다는 생각이 들었다. 그보다 편의점과 분식집에서 여러 번 식사하는 것을 보니 오히려 내가 집에 음식을 많이 사놓지 않은 것에 대해 미안한 마음이 들었다.

그가 내 일정을 정확히 알고 있다면 내가 오후 네 시를 넘어서 한국에 도착한 것도 알고 있었을 것이며 지금 리무진을 타고 집으로 가는 것도 알고 있을 것이다. 그도 잠시 후 날 만나기 위해 집에서 기다리고 있을 것이다. 난 그가 지금 뭘 하고 있는지 궁금해서 눈을 감아봤다. 그는 거실 소파에 앉아서 꺼진 TV를 바라보고 있었다. TV 리모컨은 소파 바로 앞 탁자에 놔두었으니 리모컨을 찾지 못해 TV를 켜지 못한 것은 아닐 것이다. 혹시 나처럼 너무 떨려서 그냥 기다리고만 있는 걸까? 그가 다리를 꼬고 앉아서 한쪽 발을 계속 떨고 있는 것을 보면 그 역시 나처럼 설레고 떨리는 것이 분명해 보였다. 꺼진 TV 화면에 희미하게 그의 모습이 반사되어 비치고 있었는데, 그의 오른팔이 소파 옆에 있는 탁자 위에서 뭔가 반짝이는 것을 잡고서 탁자를 치고 있는 것이 보였다. 저게 뭘까? 희미해서 잘 보이지는 않았지만, 곧 그가 직접 오른쪽을 내려다봤을 때 나도 그것을 볼 수 있었고, 그것이 무엇인지 정확히 알 수 있었다. 그것은 손바닥만 한 길이의 칼이었다. 설마 아니겠지 했지만, 그것은 분명히 칼이었다. 혹시 내 집 싱크대 서랍에 있던 칼인가 싶어서 자세히 보고 기억해봤지만 내 집에는 그렇게 날카로운 칼은 없었다. 나는 집에서 요리를 잘 하지 않기 때문에 가끔 과일을 깎을 용도로 작고 칼날이 톱니 같은 그런 칼 하나만 가지고 있었다. 그런데 저 칼은 분명히 내 집에 있는 칼은 아니었다. 그러면 그가 직접 가지고 왔다는 것인데 그는 왜 칼을 가지고 날 찾아온 것일까? 심지어 그는 양손에 장갑을 끼고 있었다. 10월 말인 지금 밤에는 약간 쌀쌀하지만, 장갑을 낄 정도로 추운 날씨는 아니다. 남의 집에 몰래 들어와서 장갑을 끼고 칼까지 쥐고 앉아서 집주인을 기다린다? 아무리 생각해도 날 만나러 온 이유가 내가 생각한 것과 같은 순수한 이유는 아닌 것 같다.

갑자기 불안해지기 시작했다. 불과 몇 초 전만 해도 그를 만난다는 생각에 설렜는데 이제는 겁이 나기 시작한 것이다. 그는 나를 해치러 온 것일까? 왜? 난 그에게 어떤 피해를 준 적도 없는데? 나 때문에 잠을 편하게 못 자서? 그동안 난 그보다 늦게 자고, 일찍 일어나기 위해 그렇게 노력했는데?

이유도 궁금했지만 우선 내 목숨부터 지켜야 했다. 이대로 집으로 가지 말고 다른 곳으로 도망갈까? 하지만 내가 집으로 가지 않고 다른 곳으로 간다면 그도 금방 알게 될 것이다. 내가 어디로 도망가더라도 눈을 뜨고 있는 이상 그는 날 찾아올 수 있을 것이다. 그렇다고 이 상태로 집으로 들어갈 수도 없는 일이다. 얘기를 해보기도 전에 난 그의 칼에 죽을 수도 있는데 집으로 그냥 들어갈 수는 없다.

이런저런 고민을 하는 사이에 난 버스에서 내려야 했다. 이제 5분만 걸어가면 집에 도착할 수 있고, 그도 이 사실을 알고 있을 것이다. 내 걸음은 점점 느려졌고, 어떻게 해야 할지 몰랐지만, 천천히 집으로 걸어갔다. 우선 난 경찰을 부르기로 했다. 혹시 그가 내 핸드폰을 볼 수 있으니 최대한 빨리 112 번호와 통화 버튼을 눌러 전화했다. 만약 그도 나와 똑같은 능력이 있다면 내 시선만

볼 수 있지 소리는 들을 수 없을 것이다. 그렇다면 내가 전화로 신고하는 소리는 듣지 못했을 것이다. 나는 내 집에 누군가 들어가 있는 것 같다는 내용으로 신고했다. 집 밖에서 보니 내 방에 불이 켜져 있었다고 설명했고, 신고 전화 상담원은 오피스텔 앞으로 금방 경찰을 보내준다고 했다. 우선 집 앞으로 가서 경찰을 기다렸다. 몇 분 뒤 경찰 두 명이 오피스텔 앞으로 찾아왔다.

"신고하신 분인가요?"

"네, 접니다."

"집에 누가 있는 것 같다고요?"

"네. 출장을 갔다가 좀 전에 왔는데 제 방에 불이 켜져 있어서요."

"불을 켜놓고 가셨다거나, 가족이 와 있는 건 아니고요?"

"네, 그럴 리는 없습니다."

"방이 어딘데요?"

"저기 4층에 제일 오른쪽 집인데요, 좀 전에 불이 꺼졌습니다."

"일단 같이 올라가 보시죠."

경찰은 귀찮은 듯한 표정을 지으며 나에게 앞장서라고 손짓했다. 그런 경찰의 태도에 약간 기분이 나빴지만 내 능력과 지금의 사정을 정확히 설명할 수도 없어서 일단 경찰과 함께 집으로 가보기로 했다.

　건물 1층 출입구 비밀번호를 누르고 경찰들과 함께 계단으로 4층에 있는 집으로 올라갔다. 나는 분명히 그가 집 안에 있다는 것을 알고 있었지만, 경찰에게 그 사실을 설명할 수는 없는 일이었다. 집 현관문 비밀번호를 누르고 문이 열리자 나는 경찰에게 먼저 들어가 달라고 손짓했다. 깜깜한 집 안으로 경찰 두 명이 먼저 들어가고 난 그 뒤를 쫓아 들어갔다. 현관을 지난 뒤 스위치를 켜서 거실 불을 켰다. 불을 켜자 거실 소파에 느긋하게 앉아 있는 그가 보였다.

　"당신 누구야!"

　집에 들어오기 전까지 그렇게 귀찮은 표정을 하던 경찰 한 명이 예상치 못한 상황에 당황했는지 크게 소리쳤다.

　"저 민형이 친군데요?"

　그는 너무나도 태연하게 내 친구라고 얘기를 했다. 그러자 나를 제외한 이 방에 있는 세 명의 모든 시선이 나를 향했다. 경찰들은 황당한 표정으로 나를 쳐다봤고, 이영후 그도 너무나 순진한 표정으로 나를 쳐다보고 있었다. 하지만 그 누구보다 놀란 것은 나였다.

"아네요, 처음 보는 사람이에요!"

나도 사실대로 말할 수 없는 상황이었기 때문에 거짓말을 했다.

"두 분이 무슨 사이에요?"

나를 보고 있던 경찰 한 명이 고개를 돌려 그에게 질문을 했다.

"전 민형이 친구인데요, 얼마 전에 좀 싸운 일이 있어서 화해하려고 제가 집에 먼저 들어와 있었거든요. 친구니까 비밀번호도 알고 있었고요. 깜짝 놀라게 해주려고 불은 꺼놓고 있었고요. 민형아, 아무리 화가 나도 경찰까지 부른 건 좀 너무하지 않냐?"

그는 정말 친구인 것처럼 나에게 서운한 표정을 지으며 말했다.

"어떻게 된 거예요?"

경찰은 짜증이 난 표정으로 나에게 물었지만 처음 보는 사람이라는 말밖에 할 수가 없었다. 그는 갑자기 주머니에서 핸드폰을 꺼내 들며 말했다.

"잘 보세요."

그가 핸드폰 화면을 몇 번 터치하고 나니 갑자기 내 휴대전화가 울리기 시작했다.

"이거 보세요. 전화번호도 알잖아요."

나에게 전화를 한 것은 이영후였다. 그는 휴대전화에 내 이름 '김민형'으로 전화를 걸고 있는 화면을 우리에게 보여주고 있었다. 물론 내 전화기엔 저장되지 않은 번호이기 때문에 번호만 표시되고 있었다.

"그새 내 전화번호도 지운 거야? 야, 너도 참 너무한다. 내가 그렇게 잘못했냐?"

결정타였다. 경찰들은 한숨을 쉬기 시작했고, 그의 표정은 한

치 흔들림도 없이 정말 나에게 서운한 친구의 표정을 유지하고 있었다.

"두 분이 싸워서 그런 거 같은데 이런 일로 경찰 부르고 그러시면 안 됩니다. 네?"

사람이 너무 당황하면 어떠한 말도 할 수가 없게 되나 보다. 모두 사실대로 말할 수도 없는 상황이고, 이미 나는 이영후가 짜놓은 대본대로 친구와 싸우고, 전화번호까지 삭제하고, 경찰에 신고까지 한 속 좁은 친구가 되어버린 것이다. 뭐라고 해야 하나 고민하던 때에 내 눈에는 거실 옆 조그만 탁자 위에 있던 칼이 보였다. 이영후가 가져온 그 칼이었다.

"잠깐만요, 저 칼. 이거 우리 집에 있는 칼 아니에요. 이거 이 사람이 가져온 거예요."

그도 미처 숨기지 못했는지 탁자 위에 그의 장갑과 같이 칼이 놓여있었고, 그도 이번에는 약간 당황한 눈빛이었다.

"이 칼 갖고 가서서 지문 검사해보면 제 것 아니란 거 나올 거예요. 이 사람이 가져온 거예요. 이 사람 정말 저 모르는 사람이에요. 가서 조사해보세요."

저 칼이 우리 집에 있던 것이 아니라 그가 가지고 온 것이 밝혀진다면 그가 아무리 내 친구라고 우겨도 칼을 들고 몰래 남의 집에 들어와서 깜깜한 방에 혼자 기다리고 있었다는 것이 쉽게 넘겨질 만한 일은 아니게 될 것이다. 그런데 경찰은 나와 같은 생각은 아니었나 보다.

"저희가 그렇게 한가한 사람들이 아니에요. 친구끼리 좀 싸웠다고 신고하고, 무슨 지문 감식까지 하고 그럽니까? 저희 바쁘니까 두 분이 알아서 잘 화해하시고요, 이런 일로 또 신고하시면 안 됩니다. 네? 아시겠어요?"

이런. 이대로 가버리려는 건가? 나랑 이영후 둘만 남겨두고? 몰래 칼까지 들고 온 사람이랑? 빨리 무슨 수라도 써야 했다.

"잠깐만요. 그래도 여긴 내 집이니까 저 사람 내보내 주실 수는 있는 거죠? 저 사람 좀 우리 집에서 끌고 나가 주세요."

경찰들은 한껏 짜증이 난 표정을 지었지만 내 주장이 그래도 헛소리는 아니라고 판단했는지 경찰 둘이 마주 보며 살짝 고개를 끄덕였다.

"우선 같이 나가시죠."

경찰 둘은 마치 그를 달래듯이 등을 토닥이며 그에게 말했다.

"민형아, 너무한다. 이렇게까지 해야겠냐."

그는 나가면서까지 나에게 서운한 표정을 지으며 경찰과 함께 집을 나섰다.

나는 사람들이 나간 후 넋이 나간 채로 소파에 주저앉았다. 이 영후는 왜 여기 온 것일까? 정말 나를 죽이려고? 왜? 이해가 가지 않는 것이 너무 많았지만 우선 급한 일은 그게 아니었다. 정말 그가 날 죽이려고 왔다면, 집 비밀번호, 내 핸드폰 번호 등 나에 대해 모든 것을 알고 있는 그는 언제든지 나를 죽이러 또 올 수 있는 것이다. 그렇다면 계속 이 집에 머물러 있는 것은 너무 위험한 일이다. 나는 우선 그로부터 멀리 도망쳐야겠다고 생각했다.

우선 그가 지금 어디 있는지부터 알고 싶어졌다. 눈을 감아봤다. 아까 집에 같이 왔던 경찰들의 얼굴이 보였다. 그는 그 경찰들과 아직 얘기하고 있는 것 같았다. 그들의 대화 내용은 들을 수 없었지만, 경찰들의 표정에서 역시 그들이 이 일을 심각하게 여기지 않고 있다는 것을 느낄 수 있었다. 경찰들 뒤로 파출소가 보였는데 그 파출소는 내 집에서 그리 멀지 않은 곳이었다. 그들이 이 영후를 풀어주기 전에 빨리 이곳을 벗어나야 한다는 생각이 들었다. 여행용 가방도 풀지 못하고, 지갑과 핸드폰만을 챙긴 채 집 건물을 뛰어나왔다. 어디로 가야 할까? 내가 눈을 가리고 다니지 않는 이상 그는 내가 어딜 가는지 알아낼 수 있을 것이다. 내 눈앞에 보이는 이 수많은 간판, 표지판 등 모든 것들이 그에게는 나를 쫓을 수 있는 단서가 될 것이다. 그렇다면 버스, 지하철은 안된다. 내가 탄 노선을 금방 알아차릴 수 있을 것이다. 그래서 택시를 타기로 했다. 난 택시를 잡아 뒷자리에 타고, 택시 기사님께 인천 자유공원으로 가 달라고 했다. 택시 기사님은 "너무 먼 곳이라 요금이 많이 나올 텐데요."라며 말씀하셨지만, 지금 나에겐 돈이 중요한 게 아니었다. 우선 집에서 멀리 벗어나야겠다고 생각했고, 내가 조금이라도 잘 아는 곳으로 가야 그로부터 숨기에 유리할 것이라는 생각이 들었다. 그래서 내가 고등학교까지 살았던 동네로 가기로 한 것이다. 택시 앞쪽에 있는 내비게이션이나 창밖을 최대한 보지 않고 계속 내 손과 핸드폰만 보기 위해 노력했다. 내가 어디로 가는지 그가 알 수 없도록 도착지까지 최대한 아무것도 보지 않는 것이 중요했다.

택시를 타고 가는 도중 눈을 감아봤다. 깜깜했다. 지금 그도 눈을 감고 내가 어디로 가고 있는지 확인하고 있는 것이 분명했다. 내가 택시를 탄 것을 보고 어디로 가는지를 알기 위해서 그는 눈을 감은 것이다. 나 또한 계속 눈을 감고 그가 눈을 뜨기를 기다려보았지만, 긴장이 풀어진 탓인지 얼마 되지 않아 그대로 한동안 잠이 들어버렸다.

"손님, 도착했습니다."

나는 깜짝 놀라 잠에서 깼다. 눈을 뜨자마자 기사님을 쳐다봤지만, 다행히 내비게이션은 보지 않을 수 있었다. 애써 내비게이션 쪽은 보지 않은 채로 지갑에서 카드를 꺼내 기사님께 드렸다.

택시에서 내린 후 공원 구석 벤치에 앉아서 찬찬히 생각해보았다. 내 집 비밀번호를 알고, 내가 도착할 시간도 알고 있었고, 내 전화번호도 저장해 놓은 것을 보면 그도 내 시선을 보는 것이 확실했다. 그렇다면 우리 둘은 서로 연결된 채로 꽤 오랫동안 살아온 것이다. 그런 그가 오늘 나를 찾아왔다. 그것도 칼을 들고 깜깜한 방에서 날 기다리고 있었다. 나도 그를 찾고 싶어 했던 적이 있었지만 그처럼 그를 죽이기 위함은 아니었다. 하지만 오늘 그의 행동은 분명 나와는 달랐다. 내가 미리 눈치를 채지 못해서 경찰과 같이 집에 들어가지 않았다면 아마 끔찍한 상황이 벌어졌을 것이다. 그런데 이런 생각이 들었다. 그는 나 또한 그의 시선을 볼 수 있다는 것을 알고 있을까? 만약 그렇다면 오늘과 같은 방법으로 나를 죽이려고 하지는 않았을 것이다. 내가 뻔히 보고 있다는 것을 알았다면 그렇게 나 몰래 집에 숨어 들어와 있지는 않았을 것이다. 그렇다면…. 그래. 그는 나 또한 그의 시선을 보고 있다는 것을 아직 모르는 것 같다. 자신만이 내 시선을 볼 수 있고, 나는 그에 대해 전혀 모른다고 알고 있을 것이다. 그렇다면 지금은 내가 그보다 유리한 상황이다. 그때 핸드폰 진동이 느껴졌다. 모르는 번호였지만 그의 전화라는 느낌이 강하게 들었다. 나는 한숨을 크게 한 번 쉬고 나서 통화 버튼을 눌렀다.

"여보세요."
"민형아, 나야."

소름이 끼치는 목소리였다.

"도대체 누군데 이러는 거예요?"

난 그에 대해 전혀 모르는 척 말을 했다.

"음…. 난 너에 대해 너무 잘 아는데, 넌 날 전혀 모르니 서운하네."

난 어떠한 대답도 할 수 없었다.

"네가 어딜 가든, 어디에 숨든, 난 널 찾아갈 거야. 그러니까 조금만 기다려."

그 말을 남기고 그는 전화를 끊었다. 맞는 말이다. 내가 평생 눈을 감고 살 수도 없고, 아무리 숨는다고 해도, 내가 그렇듯, 그는 나를 찾을 수 있다. 그렇다면 나도 그에게 맞설 방법을 찾아야 한다. 하지만 서로 눈으로 보는 모든 것을 공유하는 그를 내가 과연 속일 수 있을까? 어떻게 하면 난 그를 볼 수 있고, 그는 날 볼 수 없는 상황을 만들 수 있을까? 한참을 고민하다가 문득 취업 전 아르바이트를 했던 곳이 생각났다. 그 가게 사장님에게 전화를 걸었다.

"여보세요."

"형, 저 민형이에요."

"이야, 오랜만이네. 회사는 잘 다녀?"

"네, 그렇죠. 뭐. 형, 그런데 오늘 가게 쉬는 날이죠?"

"응, 월요일은 쉬지. 왜? 가게에 오려고 했어?"

"네. 그런데 형, 오늘 저 좀 도와줄 수 있어요?"

# 005

# *Darkness*

나는 대학생일 때부터 회사에 취직하기 전까지 이 카페에서 아르바이트로 일을 꽤 오랫동안 했다. 그래서 사장님과도 매우 친하고, 열 살 넘게 차이가 나지만 형이라고 부를 수 있는 사이가 되었다. 다행히 이 카페는 오늘 쉬는 날이었기 때문에 손님들의 방해 없이 이영후를 만날 수 있을 것이다. 나는 카페 안쪽에 있는 작은 사무실 의자에 앉아서 그가 오기만을 기다렸다.

"오랜만이라 반갑긴 한데, 도대체 무슨 일인 거야?"

내 뒤편에 앉아 있던 사장님이 궁금함을 참지 못하고 질문했다.

"나중에 얘기해줄게요, 내가 부탁한 대로만 까먹지 말고 잘 해줘요."

말은 그렇게 했지만, 나중에라도 내가 이 상황을 설명할 수 있을지, 과연 사장님이 내 말을 이해해줄 수 있을지는 모를 일이다. 다만 지금은 이영후에게 집중할 수밖에 없다.

한 시간 전, 나는 이 가게에 도착했다. 그 후 사장님에게 내 계획대로 몇 가지를 부탁해놓고, 그에게 문자 메시지를 보냈다. 이곳 주소와 함께 이곳으로 와서 얘기하자는 내용이었다. 답장은 오지 않았지만, 그가 지금 이곳으로 오고 있다는 것은 나도 알 수 있었다. 눈을 감고 그가 어디쯤 오고 있는지를 봤다. 택시에서 내린 그는 핸드폰 지도 앱을 보며 내가 알려준 곳으로 걸어오고 있었다. 과연 내가 잘한 것일까? 그냥 지금이라도 도망칠까? 별의별 생각이 다 들었다. 하지만 그의 현재 위치로 볼 때 이제 몇 분 후면 그는 이 카페에 도착할 것이고, 도망가기엔 이미 늦은 듯했다.

얼마 후 그는 카페 문 앞에 도착했다. 난 계속 눈을 감고 있었으므로 그가 카페 문을 열기 전 이곳저곳을 두리번거리며 매우 조심스러워하는 것을 그의 시선을 통해 직접 볼 수 있었다. 그는 마침내 문을 슬며시 열고, 카페 안으로 들어섰다. 카페 입구에는 두꺼운 커튼이 있었는데, 그는 커튼을 조심스럽게 손으로 걷고, 실내로 들어왔다. 카페 안에는 열 개 정도의 테이블이 있었는데,

각 테이블은 칸막이로 나뉘어 있었다. 그는 조심스럽게 가장 구석에 있는 테이블로 가서 벽을 등지고 의자에 앉았다. 잠시 후 그는 핸드폰을 꺼내서 메시지를 입력하기 시작했다.

'도착했다.'

그는 이렇게 문자 메시지를 작성했고, 전송 버튼을 눌렀다. 그때 내 핸드폰에 진동이 울렸다. 나에게 보낸 것이다. 눈을 떠서 그 문자를 보고, 뒤에 있던 사장님에게 조용히 말했다.

"형, 지금이에요."

카페 사장님은 조용히 제어판 스위치에 손을 올려 버튼을 눌렀다. 그 순간, 카페에 있는 모든 불은 꺼지고 암흑 상태가 되었다. 난 다시 눈을 감고 그의 시선을 보았다. 아무것도 보이지 않게 되자 당황한 이영후는 자리에서 일어났고, 주머니에 있던 칼을 꺼내며 소리쳤다.

"뭐 하는 짓이야! 당장 나와!"

그의 목소리는 다른 방에 있던 내 귀에까지 또렷이 들렸다. 계속 벽 쪽을 보고 앉아 있던 나는 그제야 눈을 뜨고 의자를 돌려 적외선 카메라 모니터를 봤다. 이곳은 암전 카페였고, 나는 카페 내부 사무실에서 그가 알 수 없도록 벽을 보며 그를 기다리고 있었다. 그가 어둠에 갇히자 모니터를 보면서 형에게 부탁했다.

"형, 저 사람 손에 칼 든 거 보이죠? 경찰에 신고 좀 해 주세요."
"그래, 이게 도대체 무슨 일인지 모르겠지만, 빨리 신고할게. 여기서 파출소 가까우니까 금방 올 거야."
"응, 고마워요. 나중에 다 얘기해줄게요. 근데 이거 다 녹화되고 있는 거 맞아요?"
"그럼. 소리랑 화면 다 녹화되고 있어."

나는 어둠 속에서 칼을 휘두르는 그에게 말을 걸기 위해, 제어판 마이크 버튼을 누르고 말했다.

"도대체 왜 이러는 거죠?"

내 목소리를 들은 그는 소리가 들리는 쪽으로 고개를 돌리며 소리쳤다.

"당장 나와! 비겁하게 숨어있지 말고 나와!"

"그렇게 칼을 들고 있는데 어떻게 나가요! 당신이 누군지, 나한테 왜 이러는지 말해 봐요!"

나는 그에 대해 전혀 모르는 척 말을 했다. 대화 내용과 녹화 화면이 나중에 경찰에게 보이더라도 그에 대해 전혀 모르는 것으로 보여야 했다.

"너는 내가 말해줘도 이해 못 할 거야. 아무도 이해 못 하지. 그냥, 너는 내 손에 죽어야 해. 그거면 돼. 어서 나와!"

맞는 말이다. 그와 나 둘이 아니면 아무도 이 상황을 이해할 수 없을 것이다.

"언제까지 네가 숨을 수 있을 것 같아? 넌 나한테서 도망칠 수 없어!"

나 역시 알고 있다. 그에게서 떨어질 수도, 도망칠 수도 없다는 것을. 하지만 지금 내가 할 수 있는 일은 최대한 시간을 끌며, 경찰이 와서 칼을 들고 설치는 저 범죄자를 잡아가기를 기다리는 것

밖에 없었다. 경찰에게 그의 행동을 설명하는 것은 그의 몫이지 나는 아니기 때문이다. 나는 그가 도망가기 전 빨리 경찰이 오기를 바라며 그의 움직임을 보고 있었다.

그때였다. 그는 무언가 생각났는지, 갑자기 테이블을 더듬기 시작했다. 잠시 후 그는 자기 핸드폰을 손에 쥐었고, 핸드폰의 플래시 라이트를 켰다. 원래 암전 카페에서는 손님이 입장한 후 핸드폰을 따로 보관해주는데 이번에는 그럴 기회가 없었다. 그는 플래시로 카페 안을 비춰가며 들어왔던 입구를 찾고 있었다.

"이번에는 그냥 가지만, 다음에 만날 때는 이렇게 숨기 힘들 걸!"

그는 어둠 속에서 길을 찾아 그가 들어왔던 커튼 앞에 도착해 이렇게 말했다. 곧 그는 커튼을 걷고 나가 입구에 다다랐다. 그가 문손잡이를 돌려봤지만, 문은 열리지 않았다. 이 암전 카페는 밖에서는 열리지만, 안에서는 카드키를 대야 열 수 있는 구조였다. 그는 문을 발로 차며 문을 열려고 했지만, 문은 열리지 않았다.

"형, 경찰에 신고한 거 맞아요?"

나는 사장님께 다시 물었다. 그가 문을 부수고 도망가기 전에 경찰이 와야 할 텐데 너무 늦는 것 같았다.

"응, 이제 올 때 된 거 같은데."

그때였다. 적외선 카메라 모니터가 하얗게 변하며 갑자기 아무 것도 보이지 않았고, 건물 밖에서는 갑자기 비명이 들렸다.

# *Perceive*

사장님은 스위치를 눌러 모니터 화면을 적외선 카메라에서 일반 카메라로 변경했다. 나는 모니터 화면을 보고 자리에서 벌떡 일어섰다. 문 안쪽에는 이영후가 칼을 들고 서 있었는데, 그 앞에 누가 앉아 있는 것이 보였다. 가게 바깥쪽에 설치된 카메라의 화면을 봤는데, 문이 열린 곳에는 경찰 한 명이 주저앉아 있었고, 그를 부축하고 있는 다른 경찰 한 명이 있었다. 상황을 직접 보진 못했지만 어떤 일이 일어났는지 짐작할 수 있었다. 이영후는 갑자기 뛰쳐나갔고, 나와 사장님도 사무실에서 뛰어나갔다. 가게 입구에 도착해서 가까이서 보니 경찰 한 명은 칼에 찔린 듯 배에서 피가 나고 있었고, 다른 경찰은 상처 부위를 지압하며 무전으로 지원을 요청하고 있었다.

이영후를 이대로 놓치면 안 된다는 생각에 그가 어디로 뛰어갔는지 찾아봤다. 이영후가 어느 방향으로 도망갔는지는 곧 쉽게 알 수 있었다. 이 거리는 이런 밤에는 항상 사람들로 붐비었는데, 한쪽 길만 사람들이 양쪽으로 갈라져 있었기 때문이다. 나는 그 길을 따라 무작정 그를 쫓아 뛰기 시작했다. 뛰는 것은 자신 있었기 때문에 쉬지 않고 계속 뛰었다. 번화가를 지나 바로 옆 공원으로 뛰어 들어갔다. 공원에는 인적이 드문 편이었지만 저 멀리 오르막길을 뛰어가는 이영후의 뒷모습을 볼 수 있었다. 공원 오르막길을 한참을 뛰어간 나는 제일 꼭대기의 전망대에 다다랐고, 막다른 길에서 당황하는 이영후를 발견했다. 이미 늦은 밤이었지만 전망대는 많은 가로등으로 인해 꽤 밝은 편이었다. 그래서인지 이영후의 손과 옷에 묻은 피가 잘 보였다. 잠시 후 전망대에 있던 어떤 여자가 이영후의 피를 본 것인지 비명을 질렀다. 순식간에 주위의 사람들은 그 여자를 쳐다봤고, 그 시선은 곧 그 여자가 손으로 가리킨 곳에 있던 이영후를 향하게 되었다. 이영후는 몹시 당황하는 모습을 보였고, 주위에서는 웅성거리는 소리가 점점 커졌다. 그때 한 남자가 용기를 내서 이영후에게 말을 걸었다.

"피가 많이 나신 것 같은데 119 불러드릴게요."

그 남자가 핸드폰으로 전화를 걸려고 하자 이영후는 핸드폰을 뺏으려 하면서 소리를 질렀다.

"하지 마!"

그전까지 정확히 무슨 일인지, 다친 사람인지, 의문을 가졌던 사람들의 시선이 싸늘하게 변하면서 사람들은 점점 이영후 주위에서 멀어져 갔다. 난 약간 떨어진 곳에서 이 광경을 지켜보고 있었는데, 사람들이 뒷걸음질 치며 뒤로 물러나면서 내 뒤편까지 물러난 것이다. 결국 난 사람들의 무리에서 제일 앞에 나와 있는 사람이 되었고, 이영후와 눈이 마주쳤다. 그전까지 흔들리던 이영후의 눈빛은 나를 보자마자 분노의 눈빛으로 변해갔고, 금방이라도 나를 향해 뛰어올 듯했다. 나는 무작정 그를 쫓아오긴 했지만 어떤 계획이 있던 것은 아니었다. 하지만 막상 그를 마주하자 겁이 나 뒷걸음질로 한 발짝 물러났다. 하지만 내 주변에는 사람들이 꽤 많았기 때문에 누군가가 경찰에 신고하는 소리가 들리자 이영후는 내 쪽으로 달려들지는 못했다. 이영후는 잠깐 고민하는 듯하더니 반대편으로 뒤돌아 사람들을 밀치며 뛰어갔다. 하지만 그곳은 이미 전망대의 끝이었고 더 이상 도망갈 곳은 없었다. 이영후는 난간에 다다라 전망대 밑을 내려다봤다. 전망대는 밝았지만 그 밑으로는 어두웠기 때문에 얼마나 높은지, 그 밑에 뭐가 있는지는 보이지 않았을 것이다. 하지만 이 동네에서 어렸을 때부터 살아왔던 나는 그 밑이 거의 낭떠러지와 다름없으며 그 아래는 바로 바다라는 것을 알고 있었다. 그는 다시 내가 있는 쪽을 바라봤지만, 이쪽 또한 사람이 너무 많고, 도망치기도 쉽지 않다고 느꼈는지 매우 당황해하며 어쩔 줄 몰라 하고 있었다.

그때 멀리서 경찰 사이렌 소리가 들려오기 시작했다. 물론 내 주위에 사람들이 많아서 어느 정도 안심은 하고 있었지만, 경찰이 도착한 소리를 듣고서 이제는 정말 끝났다 하는 생각이 들었다. 그 소리를 들은 이영후의 눈빛이 잠깐 흔들리더니 다시 난간으로 향했다. 잠깐 망설이던 그는 무언가 결심한 듯 난간을 넘어갔다. 몇몇 사람들이 안 된다고 소리쳤지만 누구 하나 섣불리 나서서 잡는 사람은 없었다. 잠시 후 그리 멀지 않은 곳에서 "저기예요."라고 소리치는 어떤 여성의 소리가 들렸다. 그 소리를 들었는지 이영후는 난간에서 일어나 금방이라도 뛰어내릴 준비를 하고 있었다. 그리고 나서 그는 잠깐 뒤를 돌아 나를 쳐다봤다. 그의 눈빛은 그 전까지 나를 보던 분노의 눈빛도, 처음 내 집에서 날 쳐다보던 그 순진한 거짓 눈빛도 아니었다. 그의 눈빛을 봤을 때 나는 알 수 있었다. 그는 진짜 뛰어내리려고 하는 것이었다. 그는 다시 고개를 돌려 앞을 봤고, 한숨을 한 번 쉬더니 무릎을 살짝 구부리고 앞으로 뛰어내리려고 했다.

"이영후, 안 돼!"

나는 나도 모르게 소리를 지르며 앞으로 뛰어나가 그를 뒤에서 꽉 안았다. 뛰어내리려던 그는 나에게 잡혀 난간에 주저앉았고, 난 맞은편에 무릎을 꿇고 그를 뒤에서 잡고 있었다. 난 그를 뒤에서 안고 있으면서 그의 심장이 얼마나 빨리 뛰는지 느낄 수 있었다.

"안 돼, 죽지 마."

만난 적은 없지만 지난 몇십 년 동안 삶을 공유했던, 어떻게 보면 굉장히 가까운 사이여서 그랬던 것인지, 그를 이대로 죽게 내버려 둘 수는 없었다. 그는 정말 죽기를 각오하고 뛰었던 탓인지 아직도 숨을 가쁘게 몰아쉬며 아무 말도 하지 못한 채 앉아만 있었다. 그러던 그가 갑자기 내 쪽으로 고개를 돌리더니 조그만 목소리로 이렇게 말했다.

"야, 너 내 이름 어떻게 아냐?"

"네?"

"내 이름 얘기한 적이 없는데, 내 이름 어떻게 아냐고?"

맞다, 그는 나에게 이름을 말한 적이 없었고, 나는 오늘 그를 처음 본 척을 해왔었다. 그런데 나도 모르게 그의 이름을 불러버린 것이다. 그는 다시 나에게 말했다.

"야, 너도 나 보이지?"

그전까지 떨어지려던 그를 잡고 있던 나와는 달리 그는 몸에 힘이 쭉 빠진 채로 나에게 매달려 있었다. 그런데 그가 이 말을 하고 나서부터는 점점 그의 몸에 힘이 들어가는 것을 나는 느낄 수 있었다. 잠시 후 그의 축 처져있던 오른팔이 슬그머니 움직이는 것이 느껴졌다. 그때 내 머릿속엔 한가지 생각이 스쳐 지나갔다. 그 칼. 내 집 안에서 손에 쥐고 있던 그 칼. 아까 경찰을 찔렀던 그 칼. 경찰을 찌른 후 그 칼이 거기에 있었던가? 아니면 아직 이영후한테 있나? 잠깐 고민하던 순간, 이영후는 카고바지 오른쪽 다리 옆 주머니에 있던 칼을 꺼내 몸을 오른쪽으로 틀며 나에게 휘둘렀다. 나는 놀라서 그를 잡고 있던 팔을 풀고 뒤로 넘어지며 칼을 피하려 했다. 그의 칼은 내 오른쪽 빰을 스쳤지만, 그는 이미 몸의 중심을 잃고 전망대 밑으로 떨어졌다. 나는 너무 놀라 뺨을 잡고 바닥에 주저앉아 버렸고, 주위의 다른 사람들은 모두 난간으로 뛰어가 그가 떨어진 곳을 바라보았다.

# 007

# Lost

나는 그가 전망대에서 떨어지고 난 뒤에도 그 자리에 한참을 주저앉아 있었다. 사람들은 대부분 이영후가 떨어진 전망대 아래쪽을 쳐다보고 있었고, 몇몇 사람들은 나에게 와서 괜찮냐고 물었다. 하지만 나는 아무런 대답도 하지 못한 채 바닥에 앉아만 있었다. 곧 경찰들이 도착했고, 나는 한 형사와 함께 가까운 병원으로 가서 상처를 치료받게 되었다. 큰 상처는 아니었지만 나는 명백한 피해자였기 때문에, 형사의 인도하에 병원 응급실에서 치료받을 수 있었다. 내가 간단히 치료받는 동안 형사는 몇 가지 질문을 했다. 나는 그가 내 집에 몰래 들어왔던 것, 카페에 들어와 칼을 휘두르며 날 찾았던 것, 전망대에서 떨어지는 것을 잡아줬던 나에게 칼을 휘둘러 상처를 낸 것을 상세히 설명했다.

112 신고 기록, 경찰 출동 기록, 카페 CCTV 녹화 영상, 그리고, 전망대에 있던 수많은 증인까지 나의 진술 내용에는 전혀 문

제가 없었다. 다행히 전망대에서 내가 그의 이름을 부른 것을 포함하여 그와 나의 대화를 들은 사람은 없는 듯했다.

"정말 그 사람이 누군지 모르세요?"
"네, 오늘 처음 보는 사람이에요."
"그럼 모르는 사람이 왜 민형 씨를 죽이려고 했을까요?"
"저야 모르죠,"
"혹시 원한을 가질 만한 사람이 있다거나 그런 건 없으시고요?"
"네, 전혀요."

형사는 그와 나에게서 어떠한 연결점도 찾지 못했고, 나는 아무런 문제가 없는, 형사의 말대로 단순히 운이 없는 피해자 신분이었다.

"그 사람은 찾았나요?"

형사에게 이영후의 소식을 물었다. 전망대 난간에서 떨어진 후 풍덩 소리로 물에 빠진 것은 알 수 있었는데, 그 이후에 대해 전혀 듣지 못했기 때문이다.

"저희가 가봤는데, 지금 밤이 늦기도 했고, 찾지 못했다네요. 내일 아침에 다시 시신을 찾아볼 생각입니다."

"그러면 저는 어떻게 하나요? 언제 저를 다시 찾아올지도 모르는데요?"

"에이, 별일 있겠어요? 그 높은 곳에서 떨어졌는데요. 내일 저희가 찾으면 연락드릴 테니까 집에서 잘 쉬고 계세요."

나를 죽이려고 했던 사람이 지금 어딨는지도 모르고, 내 집을 뻔히 알고 있는데 집에 가서 편하게 쉬라고? 보호 요청을 해볼까 하는 생각이 잠깐 들었지만, 아까 집에서 했던 지문 조사 요청이 무시당했던 기억이 떠올라서 그만두기로 했다.

"혹시 모르니까 형사님 연락처를 알 수 있을까요?"

형사는 탐탁지 않은 표정을 지었지만, 주머니에서 지갑을 꺼내 명함을 한 장 전해주었다. 강수호 경사. 그의 이름이었다. 추가 조사가 필요하거나 범인을 찾으면 연락해 준다는 형사의 말을 마지막으로 듣고, 병원에서 나왔다.

벌써 열두 시가 넘은 시간이었다. 병원 입구에 있는 의자에 앉아 눈을 감아보았다. 한참을 기다려봐도 아무것도 보이지 않았다. 정말 이영후는 죽었을까? 내일 아침이면 경찰이 시신을 찾고, 모든 게 다 끝나는 걸까? 하지만 죽은 게 아니라면? 잠깐 정신을 잃고 어딘가 쓰러져 있다면? 아니면 이미 물에서 나와 어딘가에서 내가 어딨는지 확인하기 위해 이 순간에도 눈을 감고 있는 거라면? 어느 하나 확실한 것은 없다. 그의 시신을 찾을 때까지는 도저히 안심할 수가 없다.

우선 잘 곳을 찾아야 했다. 그가 살았는지 죽었는지 확실하지 않은데 몇 시간 전에 그가 편하게 들어와 있던 내 집으로 갈 수는 없는 일이다. 그렇다고 가족이나 친구의 집으로 갈 수도 없다. 괜히 나 때문에 다른 사람들까지 위험하게 만들 수는 없기 때문이다. 그래서 나는 호텔이나 모텔로 가기로 했다. 적어도 그곳은 비밀번호로 문을 여는 구조가 아니라 보통 카드키로, 즉 카드키를 받은 나만 들어갈 수 있으니 이영후가 살아 있더라도 쉽게 들어오지는 못할 것이기 때문이다.

근처에 보이는 모텔을 찾아 하룻밤 묵는 것으로 결제하고, 카드키를 받아 방에 들어갔다. 나는 방에 들어가자마자 침대에 걸터앉았다. 가만히 앉아서 오늘 일을 기억해보았다. 해외 출장 후 좀 더 쉬기 위해 회사에 휴가를 하루 더 냈건만, 내 집에도 들어가지 못하고, (물론 잠깐 들어가긴 했지만), 이영후를 만났고, 그에 쫓겨오듯 인천까지 와 있고, 나를 죽이려던 그의 칼에 스치기까지 했으니…. 거기에 나는 죽었는지 살았는지 확실치 않은 그로부터 이 작은 모텔방에 숨어있는 것이다. 어쩌다 이런 일이 생긴 것일까 답답한 마음이 들었다. 정말 둘 중 하나가 죽어야 끝나는 것일까? 이제 그도 내가 그의 시선을 볼 수 있다는 것을 알게 되었으니 내가 조금도 유리한 상황이 아니다. 그는 날 반드시 죽이겠다는 의지까지 있으니 오히려 조금 더 유리한 상황일 수도 있다.

나는 샤워를 마치고 나와 거울을 봤다. 무척 피곤한 얼굴에 상처를 덮은 반창고까지. 조심스럽게 병원에서 붙여준 거즈와 반창고를 떼어냈다. 다행히 상처가 깊지는 않아 피는 굳어 있었고, 약간의 흉터만 남은 상태였다. 세면을 해서 얼굴에 약간 남아있던 소독약 자국과 핏자국을 씻어내고, 화장실에서 나왔다. 12시간이 넘는 비행 이후 지금까지 속옷과 양말조차 갈아입지 못해서 매우 찝찝했지만 갈아입을 옷이 없으므로 어쩔 수 없이 다시 옷을 간단히 입고, 생각보다 포근한 모텔의 침대 이불 속으로 들어가 몸을 뉘었다.

침대에 누워서 눈을 감고 다시 한번 그의 시선이 보이는지 기다려봤지만, 역시 아무것도 보이지 않았고, 나는 피곤한 탓에 금방 잠이 들었다.

# 008

# *Careless*

시끄러운 전화벨 소리에 잠에서 깼다. 핸드폰 소리인가 했지만, 모텔방 전화기 소리였다.

"여보세요?"

"카운터입니다. 지금 열한 시 반인데요, 열두 시에 퇴실해주셔야 합니다."

"네, 알겠습니다."

어제 너무 피곤했던 탓인지 아주 오랫동안 잠을 잔 듯했다. 모텔 방 암막 커튼 때문에 방은 아직 깜깜했지만, 커튼 밑 얇은 틈으로 밝은 빛이 들어오고 있었다. 커튼을 쳐서 햇빛이 방으로 들어오게 했다. 모텔 직원 말처럼 이미 시간은 한낮이었다. 침대 옆 서랍장 위에 놓고 충전해놨던 핸드폰을 건드려 시간을 확인했다.

열한 시 삼십일 분. 어디로 가야 할지 정해진 것은 없지만, 어서 정리하고 퇴실하기로 했다.

샤워를 하며 어제 일을 기억해보았다. 핸드폰에 부재중 통화나, 문자 메시지가 없는 것을 보면, 경찰 쪽에서 이영후의 시신이나 그의 흔적은 아직 찾지 못한 것 같다. 머리를 감으며 눈을 감고 있어 봤지만, 역시 아무것도 보이지 않았다. 정말 죽은 것일까?

방에서 나와 모텔 1층 카운터에 카드키를 반납하고, 모텔 입구에 섰다. 먼저 형사에게 전화해보기로 했다.

"여보세요."
"아. 네, 저 김민형입니다."
"네."

짧은 형사의 대답에서 아직 아무런 소식이 없다는 것을 느낄 수 있었다.

"아직 아무 소식 없나요?"
"네, 오전부터 수색을 진행했는데 아직 찾았다는 얘기가 없네요. 저희가 소식 들어오면 알려드리겠습니다."

"네. 알겠습니다. 수고하세요."

내 말이 끝나자마자 전화는 끊겼다. 아마 이 형사는 이영후가 이미 죽은 것으로 결론을 내린 듯했다. 아직 확실하진 않지만 이런 대낮까지 그의 시선을 볼 수 없다면 그는 정말 죽은 게 아닐까? 나는 약간의 안도감을 느꼈다.

나는 이제 어디로 가야 할까? 우선 저녁까지 인천을 떠나지 않기로 했다. 집으로 가고 싶기도 했지만, 아직은 이 사건 담당 형사가 있는 인천에서 머무는 것이 나을 것 같았다. 추가 조사가 필요하면 날 또 부른다고 했으니, 오늘 저녁까지는 근처에 있다가 밤에 집으로 가는 편이 나을 것 같았다. 또 오랜만에 고향인 인천에 왔고, 모처럼 평일 대낮에 회사가 아닌 곳에서 자유 시간을 보낼 수 있으니 좀 더 돌아다녀 보고 싶기도 했다. 물론 아직 이영후의 시신은 찾지 못했지만, 정말 혹시나 그가 아직 살아있더라도, 틈틈이 눈을 감고 그의 시선이 보이는지 확인만 하면 크게 위험한 일은 일어나지 않을 것이다.

모텔에서 얼마 떨어지지 않은 곳에 있는 시장에 가기로 했다.

근처 중학교에 다녔기 때문에 학교가 끝나면 이 시장에서 친구들과 쫄면, 떡볶이, 닭강정 등 많은 간식을 먹었던 기억이 있다. 생각해보니 어제 비행기에서 내린 이후로 지금까지 아무것도 먹지 못했다. 어제까진 생명이 위험한 상황까지 처하다 보니 배고픔을 느끼지 못했었는데, 이제 좀 안심이 되어서 그런 건지 갑자기 배가 너무 고팠다. 시장 입구에서부터 가장 처음에 보이는 작은 가게에 앉아 떡볶이, 순대, 김밥을 1인분씩 시켰다. 분명 예전 기억보다는 1인분의 양이 작아진 것 같았지만, 아직 가봐야 할 가게들이 많으므로 개의치 않고, 허겁지겁 음식을 먹기 시작했다. 그 뒤로도 호떡, 찐만두, 닭강정 등을 가게마다 들르며 먹었고, 거의 24시간 동안 공복이었던 것을 만회하듯. 아니, 그 이상으로 많은 음식을 먹어버렸다.

시장을 나와서 내 눈앞에 보인 것은 극장이었다. 내가 초등학교 때 단체 관람으로 내 인생 첫 영화를 봤던 그 극장이 아직도 이름이 바뀌지 않은 채 그대로 있었다. 요즘은 대부분 CGV 같은 브랜드의 극장이 많아서 당연히 이 극장도 없어졌거나 이름이 바뀌었을 거로 생각했는데, 아직 그 이름 그대로, 같은 자리에 있는 것이 너무나 반가웠다. 나는 상영 시간이 가장 가까운 영화를 골라 표를 사고, 팝콘과 콜라까지 샀다. 이미 시장에서 많은 음식을 먹었지만, 내가 고른 마블 영화 시리즈는 상영 시간도 꽤 길다는 것을 익히 알고 있었고, 왠지 영화를 볼 때는 팝콘을 사야 할 것 같은 기분도 들어서 팝콘과 음료수를 샀다.

오랜만에 본 영화라 그런 것인지 몰라도 정말 재밌게 영화를 봤다. 두 시간이 훌쩍 넘는 상영 시간 동안 쉴 틈 없이 액션 장면이 몰아치는 영화였다. 가만히 앉아서 영화를 보기만 했는데도 몸에 너무 힘을 주고 있었던 탓인지 온몸이 뻐근하고 미리 샀던 콜라를 다 마셨음에도 목이 말랐다. 나는 극장에서 나와 바로 앞에 있던 편의점에서 생수를 한 병 더 사서 마신 후에야 흥분을 좀 가라앉힐 수 있었다. 생수를 계속 마시면서 주위를 둘러보니 얼마 떨어지지 않은 곳에 성당 탑이 보였다. 저 성당은 내가 어렸을 때, 즉, 고1 때 이사하기 전까지 부모님과 함께 다니던 성당이다. 나는 주로 일요일 미사에 참석했지만, 평일 저녁에도 미사를 했던 기억이 났다. 내 기억이 맞다면 오늘인 화요일 저녁에 미사가 있을 것이다. 생수를 마저 마신 후 성당으로 걸어갔다.

내 기억대로 화요일 저녁 7시에 미사가 있었다. 내가 다닐 때 계시던 신부님은 물론 계시지 않았지만, 담당 신부님께 인사를 드린 후 오늘 하루 미사 참여를 허락받았다. 나는 회사 취직 후 회사 근처에서 자취하면서 성당에 오랫동안 다니지 않았으므로 고해성사를 먼저 하는 것이 맞았지만, 시간이 부족하여, 곧바로 성당으로 들어가 미사에 참석했다.

나는 성당 의자들 중간쯤의 제일 오른쪽 끝자리에 앉았다. 오랜만에 오는 성당이라 약간 어색한 마음이 들었지만, 이내 마음이 편안해졌다. 한동안 바쁘고 피곤하다는 핑계로 성당에 오지 않고 있었는데, 오랜만에, 그것도 어제 큰일을 겪고 난 뒤 다시 찾은 성당은 내 마음과 걱정을 씻어주는 듯했다. 성당에 걸어올 때 무엇을 기도할까 하고 걱정했었다. 하지만 이 자리에 앉아 어제 일을 생각해보니, 나를 위험에서 구해주시고 지켜주신 것에 대해 감사드리고 싶어졌다. 그리고 이영후. 비록 나를 죽이려고 했던 사람이지만 어찌 됐든 나와 연결되었던 사람이니 죄를 용서받고, 좋은 곳으로 갈 수 있게 빌어주고 싶었다.

두 손을 모은 뒤 눈을 감고 기도를 시작했다. 그런데 몇 초 후, 깜깜해야 할 내 눈에 무언가 보이기 시작했다. 그것은 핸드폰 화면이었다. 그 화면에는 문자 메시지가 입력되고 있었다.

'편안하게 성당에 가 있네? 살려달라고 기도 중이야?'

너무 놀라 눈을 떴다. 내가 지금 뭘 본 거지? 잠시 후 내 바지 왼쪽 주머니에 있던 핸드폰 진동이 울렸다. 조용한 성당 안에서 내 핸드폰 진동 소리는 옆 사람에게 들릴 정도였지만 죄송한 마음을 가질 겨를이 없었다. 떨리는 마음으로 천천히 주머니에서 핸드폰을 꺼냈다.

이런. 내가 봤던 내용의 문자 메시지가 도착해있었다. 그렇다면 조금 전 내가 봤던 것은 이영후가 나에게 문자 메시지를 보내던 시선이었다. 그가 살아있었나? 나는 왜 몰랐지? 어떻게 오늘 하루 동안 내가 몰랐지? 나는 오늘 왜 그의 시선을 보지 못했는지, 그가 살아있는 것을 왜 몰랐던 것인지 생각해보았다. 그가 온종일 눈을 감고 있었나? 아니다. 분명히 물에서 나와서 어딘가로 이동했을 것이다. 그럼 내가 언제 마지막으로 눈을 감고 그가 살아있는지 확인해 봤는지 기억해봤다. 분명 모텔에서 나올 때는 확인해 본 것 같은데, 그 뒤로는 기억이 없다. 시장을 돌아다니고, 영화까지. 그렇다면 적어도 7시간 정도 그의 시선을 확인하지 않았다. 오늘 오후의 안이함이 너무나도 후회되었다. 하지만 지금은 후회할 시간이 없다. 내가 성당에 와있는 것을 그는 이미 알고 있다. 고개를 돌려 주위를 살펴보았다. 모두 고개를 숙이고 기도하고 있었기 때문에 이렇게 많은 사람 중에 그를 찾기는 불가능해 보였다. 다시 눈을 감고 그가 어디에 있는지 확인해 보기로 했다. 하지만 이제는 아무것도 보이지 않았다. 그도 내 시선을 보기 위해 눈을 감고 있는 것이 분명했다. 조금 전 편안했던 마음은 없어지고, 등을 시작으로 양팔에 이르기까지 소름이 돋는 것이 느껴졌다. 기도 대신 두 손으로 머리를 감싸 쥐고 이제 어떻게 해야 할지 생각해보았다.

그가 이 성당에 앉아 있을까? 그렇다면 지금 이 성당에서 나가 빨리 도망갈까? 도망간다면 어디로 갈 수 있을까? 형사한테 갈까? 그가 날 쫓아온다고 얘기할까? 내가 그를 직접 본 것도 아닌데 날 믿어줄까? 그러면 어디로 도망가지? 아니다. 그로부터 안전하게 숨을 수 있는 곳이 있긴 할까? 그를 만날까? 만나서 설득해볼까? 어느 하나 좋은 방법이 떠오르지 않았다.

내가 이런 생각을 하는 동안 미사는 마침 예식 순서가 되어가고 있었다. 기도를 위해 모두 자리에서 일어나고 있었다. 아무래도 이곳에 머무르는 것은 위험하다는 생각이 들어 양해를 구하며 성당 벽을 따라 조용히 뒷문으로 걸어 나갔다. 조심스럽게 문을 열고 성당 밖으로 나간 뒤 주위를 살폈다. 다행히 성당 건물 밖에는 아무도 없었다. 나는 안도의 한숨을 살짝 내쉰 뒤 성당 대지

입구를 향해 걸어갔다. 그때 핸드폰에 전화가 왔다. 저장이 안 된 모르는 번호였지만 나는 누군지 알 수 있었다. 통화 버튼을 누르고 전화를 귀에 가져갔다.

"어디를 그렇게 조용히 가? 지금 도망가는 거야? 나한테서 도망칠 수 있다고 생각한 거야?"

그는 비웃는 듯한 목소리로 비아냥댔지만 나는 아무 말도 할 수 없었다. 한숨을 크게 쉬고 눈을 감아보았다. 몇 초 후 그의 시선을 볼 수 있었다. 저 멀리 보이는 것은, 베이지색 바지와 파란색 셔츠를 입고, 왼손으로 핸드폰을 들고 전화 통화를 하는 사람. 그건 나였다. 내 뒷모습이었다. 그렇다면 그는 지금 내 뒤에 있는 것이다. 황급히 눈을 뜨고 뒤를 돌아보았다. 조금 전 내가 나왔던 성당 건물 문 옆 한편에 검은색 모자를 눌러쓰고, 핸드폰을 들고 있는 남자가 보였다.

"이제야 나를 찾았네? 이야, 하루 만에 봤는데도 또 반갑네. 정들었나 봐."

뒤를 돌아 그에게서 도망갈까 하는 생각이 들었지만, 몸이 움직이지 않았다. 그렇게 몸이 굳은 채로, 그렇다고 핸드폰으로 그에게 아무 말도 하지 못한 채 그와 마주한 채로 있어야 했다.

잠시 후 성당 문이 열리며 미사를 끝낸 사람들이 나오기 시작했다. 그를 놓치지 않기 위해 발뒤꿈치를 들고 계속 그를 시선으로 쫓았지만, 그는 이내 사람들 속에 숨어들었다. 나는 어찌할 바를 몰라 핸드폰에 대고 '여보세요'라는 말만 여러 차례 하고 있었다. 계속 나를 향해 걸어오는 사람들 사이로 검은 모자를 찾기 위해 애썼지만, 키가 큰 편이 아닌 그를 도저히 찾을 수가 없었다.

그때 갑자기 등에 따끔한 느낌이 났다. 나도 모르게 내 입에선 '아'하고 작은 소리가 나왔다. 오른손을 등 뒤로 가져가 따가운 느낌이 난 곳을 만져보았다. 뭔가 손에 잡히진 않았지만 따뜻한 느낌이 들었다. 다시 손을 앞으로 가져와 봤는데, 빨간 피가 묻어 있었다. 피 묻은 손을 보자 갑자기 다리에 힘이 풀리면서 자리에 무릎을 꿇고 주저앉았다. 그 뒤로 주변에서 비명이 들리기 시작했고, 난 바닥에 주저앉은 채로 사람들에 둘러싸였다. 나에게 괜찮냐고 물어보는 소리, 도움을 요청하는 소리가 점점 아늑하게 들리기 시작했고, 나는 바닥에 앉아 있는 것조차 힘들게 느껴져 옆으로 쓰러지듯 바닥에 누워버렸다.

# 009

# *Distress*

얼마쯤 지났을까? 정신을 차려보니 뭔가 흐릿하게 보이기 시작했다. 흰색 벽이 보이기 시작했고, 그 옆 걸이에 걸려 있는 링거액이 보였다. 성당에서 쓰러졌던 것까지는 기억이 났는데, 그 이후로 병원에 실려 온 모양이었다. 아직도 등 쪽에 아픔이 느껴지는 것을 보면 아마도 성당 인파 속에서 이영후에게 칼에 찔린 모양이었다. 칼에 찔리고도 아직 살아 있다는 것이 다행이라고 느끼면서 한 편으로는 그가 죽은 것을 확인도 하지 않고, 너무 안심하고 있던 것에 대한 후회가 밀려왔다. 조금만 조심했어도 또다시 위험에 빠지진 않았을 텐데 말이다. 그렇게 후회하고 있을 때 뭔가 이상한 점이 느껴졌다. 칼에 찔려서 정신을 잃었다면 병원 침대에 누워 있어야 할 것이다. 그렇다면 침대에 누워서 천장을 바라보고 있어야 하지 않을까? 그런데 나는 누워있지 않았고, 침대 옆에 앉아 있었다. 그렇다면 내 앞 침대에 누워있는 사람은 누구지? 고개를 약간 반대편 옆으로 돌리고 있어서 얼굴 정면은 볼 수 없었지만 누군지 알 수 있었다. 그건 나였다.

내가 죽었나? 결국 이영후한테 죽은 것인가? 그렇다면 난 이미 죽고, 내 영혼이 몸에서 빠져나와 죽은 나의 몸을 보고 있는 걸까? 이렇게 허무하게 내 인생이 끝났다고? 책이나 영화에서만 보던 사후세계가 실제로 있다는 것은 신기했지만, 내가 이렇게 쉽게 죽었다니 너무 화가 나고 억울해서 눈물이 나려 했다. 감정이 복받치니 등이 다시 아파져 왔다. 그런데 이상했다. 이미 난 영혼 상태인데 왜 아직도 아픔이 느껴지지? 아니다. 뭔가 이상했다. 내가 눈을 뜨고 있는 게 맞나? 좀 더 정신을 가다듬고, 눈을 떠봤다. 그러자 내 눈에 보이는 것은 파란색 병원 커튼이었다. 천천히 고개를 돌려 반대편을 보았다. 그러자 날 내려다보고 있는 사람과 눈이 마주쳤다.

"일어났네?"

이영후였다. 그가 왜 내 옆에 앉아 있는 걸까? 너무나 놀란 탓에 아무 말도 하지 못하고 그를 쳐다보기만 했다.

"넌 참 운이 좋아. 쉽게 죽지도 않고."

"너 뭐야? 네가 여기 왜 있어?"

몸을 일으켜보려 움직였지만, 등에 통증이 느껴져 다시 누워버렸다.

"야, 무리하지 마. 너 죽이려고 여기 있는 거 아니니까."

나를 두 번이나 죽이려고 했던 사람이 내 옆에 버젓이 앉아 있는데 아무것도 할 수 없는 내 상황이 너무 분하고 답답해서 눈물이 났다. 그는 나를 쳐다보며 말을 계속 이어갔다.

"내가 여기에 앉아서 누워있는 널 보면서 무슨 생각을 한 줄 알아? '아. 내가 큰 실수를 할 뻔했구나' 이렇게 생각했지. 널 죽이면 안 되는 건데 하고 말이야. 그래서 여기서 네가 죽지 않고 일어나길 얼마나 기도했는지 아니?"

"나를 죽이려고 뒤에서 칼로 찔러놓고, 뭐 기도? 너 미친 거 아냐?"

"미쳐? 내가? 뭐, 그럴 수도 있지. 너 때문에 조금 미쳐가긴 하는 거 같아."

그는 자기 행동을 뒤돌아보듯 먼 곳으로 시선을 돌리며 잠깐 생각에 빠진 듯하더니 이내 다시 말하기 시작했다.

"맞아. 널 죽이려고 했으니 미쳤던 게 맞네. 내가 큰 실수를 저질러서 널 죽일 뻔했는데, 네가 안 죽고 살아줘서 얼마나 고마운지 몰라."

내가 아무런 대꾸를 하지 않자 그가 계속 말을 이어갔다.

"야. 너 정말 무서운 게 뭔지 알아? 죽는 거? 아니야. 죽는 건 무서운 게 아니야. 죽는 건 쉬운 거야. 진짜 무서운 건 말이야, 죽지 않고 계속 버티는 거야. 네 주위 사람이 너 때문에 고통받고, 그걸 보면서 죽지도 못하는 게 진짜 어려운 거지. 그게 진짜 힘든 거야. 죽는 건 쉬운 거고. 무슨 말인지 알겠어?"

그는 마치 나에게 동의를 구하듯 눈을 동그랗게 뜨고 턱을 약간 치켜들며 물었다.

"그래서 내가 실수를 했다는 거야. 네가 죽으면 안 되지. 살아남아야지. 오래오래 살아야지. 안 그래?"

그는 팔짱을 끼고 앞으로 숙였던 상체를 뒤로 보내며 의자 등받이에 몸을 기댔다.

"그래서 이제부터는 너 말고 너 주위를 좀 돌아다니려고 해. 네 가족, 친구들, 회사 사람들…. 너에 대해선 너만큼 나도 많이 알고 있으니까 뭐 어려운 일도 아니지."

허공을 보며 얘기하던 그가 갑자기 뭔가 생각난 듯 고개를 숙여 나를 쳐다보며 말했다.

"아, 맞다. 너희 어머니 왔다 가셨어. 너희 어머니는 날 처음 보는 건데, 난 진짜 많이 봤잖아? 그래서 너무 반가워서 나도 모르게 인사를 했지 뭐야?"

그는 재밌다는 듯 소리까지 내며 웃었다. 나는 어머니에게까지 접근했다는 말에 난 깜짝 놀라 소리쳤다.

"뭐? 우리 어머니는 건드리지 마!"
"야, 건드리다니. 인사한 거야 인사. 어머니가 병원에 오셔서 걱정하시길래 내가 친구라고 말씀도 드리고, 안심시켜 드리고 그랬는데, 나한테 고마워해야지."

날 죽이려고 했던 놈이, 뭐 친구? 이제 어이가 없는 것을 넘어 황당함에 말을 잇지 못했다.

"내내 병원에 계시다가, 집에서 뭣 좀 챙겨오신다고 나한테 맡기고 집에 가셨어. 아들 친구가 병원도 지켜주고 그런다고 얼마나 나한테 고마워하셨는데."

그는 이렇게 말하며 또 기분 나쁜 웃음을 지었다.

"야. 너 도대체 나한테 원하는 게 뭐야? 내가 죽어야 그만할래?"

그는 나의 말을 듣고 한숨을 쉬었다. 그러더니 다시 몸을 내 쪽으로 기울이더니 잘 들으라는 듯 오른손 집게손가락으로 내 팔을 찌르며 말했다.

"야, 너 내 말 뭐로 들었냐, 응? 죽는 건 너무 쉽다니까. 그렇게 쉬운 길을 너한테 줄 수 없다니까? 넌 병원에 가만히 누워서 내가 어딜 다니는지, 누굴 만나고 다니는지, 내가 어떤 짓을 하고 다니는지 잘 보기나 해. 알았어? 내가 아주 재밌게 해줄게."

"너 경찰이 가만히 있을 거 같아? 너 곧 잡힐걸?"

그는 경찰도 칼에 찌르고 도망갔었고, 아직 증거는 없을 테지만 나도 칼로 찔러 죽이려고 했다. 이 사실들 만으로도 경찰은 그를 잡아넣을 만할 테니, 그에게 경고하듯 말했다. 하지만 그는 전혀 아무렇지도 않다는 얼굴로 대답했다.

"경찰? 그래. 네가 경찰들 도와주면 금방 잡히겠지. 그런데 내가 감옥에 가면 어떨까? 너는 내가 감옥에서 험한 꼴 당하는 걸 봐야 할 텐데 괜찮겠어? 그리고, 경찰 한 명이랑 너 다치게 한 거, 그거 두 개로 내가 몇 년이나 갇혀있을까? 평생 감옥에 갇혀있을 정도는 아닌 거 같은데 말이야. 그러면 몇 년 뒤에 내가 나오면, 그땐 어떻게 할래? 또 도망갈래? 나한테서 도망갈 수 있을까?"

그는 또다시 내가 한심하다는 듯 한숨을 쉬며 말을 이어갔다.

"너도 이미 알 텐데. 알면서 모른 척을 하는 거야, 아니면 진짜 바보인 거야. 응?"

나는 이번엔 그가 진짜 무슨 말을 하는지 몰라 가만히 그의 눈만 쳐다보고 있었다. 그는 포기한 듯한 표정으로 머리를 가로저으며 나에게 설명하듯 말했다.

"어떻게 해야 끝날까? 어떻게 해야 우리가 끊어질까? 어떻게 해야 네가 나에게서 벗어나고, 나도 너에게서 떨어질 수 있을까? 응?"

그는 또다시 턱으로 나에게 말해보라는 듯 까딱거렸지만 내가 아무 말도 하지 못하자 옆 머리를 손가락으로 긁적이며 날 한심하다는 듯 쳐다보며 말했다.

"죽어야지. 둘 중 하나는 죽어야지. 안 그래? 그래야 깔끔하지."

그래. 나도 은연중에 이 생각을 안 해본 것은 아니다. 바로 어젯밤만 해도 이영후가 바다에 떨어졌을 때 드디어 끝났다고 생각했다. 그리고 오늘 낮까지도 그의 시선이 보이지 않자 그가 진짜 죽었다고 안심한 것도 사실이다. 하지만 정말 둘 중 하나가 죽어야 하는 걸까? 내 어릴 때 희망처럼 둘이 이 능력으로 재밌게 같이 지낼 수는 없는 걸까? 하지만 날 죽이려고 내 방에 몰래 들어와 있었고, 성당에서 사람들 속에서 내 등 뒤에서 칼로 찔렀던 그에게 이런 일을 바라는 것은 말도 안 되는 일이었다.

"너랑 더 얘기도 하고 그러고 싶은데, 경찰이 곧 올지도 모르고 말이야. 벌써 잡히면 너무 싱겁잖아. 그렇지?"

그는 익살스러운 미소를 보이며 자리에서 일어났다.

"너무 빨리 퇴원하지 말고, 천천히 누워서 내가 뭐 하고 다니나 잘 지켜봐. 알았지? 또 보자."

이 말을 남긴 채 그는 모자를 다시 푹 눌러썼다. 그는 병원 침대 커튼을 젖히고 내 시야에서 멀어져갔다. 나는 한마디도 하지 못한 채 침대에 누워 그가 나가는 모습을 보고 있을 수밖에 없었다. 나를 죽이려고 했던 사람이 누워있는 내 앞에 버젓이 앉아서 있다가 마지막엔 또 보자는 말을 하다니 너무 화가 났다. 하지만 그에게 어떠한 말도 할 수 없었다.

난 그렇게 멍하니 그가 사라진 곳을 처다보고 있었고, 몇십 분 뒤 익숙한 얼굴이 보였다. 어머니였다.

"민형아, 일어났어?"

어머니는 금방이라도 눈물을 흘릴듯한 얼굴을 하시고 내 옆에 앉아서 손을 꼭 잡아주셨다.

"아이고, 어떻게 된 거야. 출장 갔다 온다더니 인천에는 언제 왔어? 왔으면 집에 왔었어야지. 왜 이런 험한 일을 당하고…"

나는 어머니께 출장에서 돌아온 어제부터 있었던 일을 말씀 드리고 싶었지만, 이영후와 나와의 관계를 이해시켜드리기 전에는 설명할 수 있는 부분이 너무 없겠다고 생각했다. 대신 어머니께 물어봤다.

"근데 여기는 어떻게 오셨어요?"

계획대로라면 난 오늘 미사를 마친 후 집으로 돌아가기로 했기 때문에 어머니께 연락을 드리지 않았었다. 어제 비행기에서 내린 후 전화로 출장을 잘 다녀왔다고만 말씀드린 게 다인데, 어떻게 이 병원에 와 계신 것인지 궁금했다.

"성당에서 연락이 왔지. 도훈이 엄마 기억나지? 미사 갔다가 거기서 사람이 다쳤다고 해서 가봤는데 널 알아보고 나한테 전화했지 뭐니. 내가 민형이 지금 서울에 있는데 무슨 소리냐고 그랬는데…"

어머니는 전화 받았을 때 놀랐던 기억이 다시 나셨는지 고개를 저으면서 말끝을 흐리셨다.

"그래도 너 친구, 영후라고 했던가? 마침 그 친구가 거기에 있었으니 얼마나 다행이니. 근데 그 친구는 어디 갔니? 너 깨어날 때까지 여기 있겠다고 했는데."

어머니는 주위를 두리번거리며 말씀하셨다. 어머니는 그가 진짜 내 친구인 것으로 알고 계셨고, 나는 이미 큰 충격을 받은 어머니께 아무 말도 하지 않는 게 낫겠다고 생각했다.

"네, 좀 전에 갔어요."
"그래? 고맙다는 말도 못 했네. 나중에 연락해서 우리 집에 꼭 한 번 데리고 와. 내가 식사라도 한 끼 대접해줘야지."
"네. 제가 나중에 연락해서 말할게요."

어머니께 계속 거짓말을 하는 것이 마음에 걸렸지만, 어머니를 안심시켜드리는 것이 먼저라고 생각되어 사실을 말하지는 않았다.

"내일 일 나가셔야 하잖아요. 그만 집에 들어가세요."

시계를 보니 이미 밤 열 시가 넘은 시간이었다.

"아니야. 여기서 너랑 같이 자고 내일 아침에 가면 돼."
"아니에요. 저 이제 괜찮아요. 여기 간이침대도 불편하고, 집에서 쉬세요. 제가 무슨 일 있으면 전화할게요."

어머니는 같이 있으시겠다고 했지만, 난 어머니를 집으로 보내드렸다.

다음 날 아침 일찍 내가 누워있는 병실로 형사가 도착했다.

"김민형 씨, 괜찮으세요?"

도대체 경찰은 무엇을 했던 걸까? 그가 바다에 빠진 후 물속에서 나와 나를 찾아서 도심을 가로질러 성당에 올 때까지 그를 왜 못 찾았던 걸까? 나는 원망하는 듯한 눈빛으로 대답 없이 그 형사를 쳐다보기만 했다. 그도 내 마음을 눈치챘는지 내 시선을 피하며 의자에 앉아 핸드폰을 보며 나에게 말했다.

"저희가 성당 CCTV부터 역추적을 해봤는데요. 성당에 오기 전 낮에 핸드폰 가게에서 핸드폰을 샀더라고요. 아마 물에 빠졌을 때 잃어버린 듯한데요. 그래서 저희가 용의자 신원을 확보했습니다."

그는 자신의 유능함을 자랑이라도 하듯 핸드폰 화면을 들어 나에게 흔들어 보였다. 이영후, 부산 출신, 나보다 한 살 어린 1994년생. 굳이 보지 않아도 내가 알고 있는 내용이겠지만 나는 역시 아무 말도 하지 않았다.

"이름 이영후, 1994년생, 부산 출신, 고등학교 중퇴, 아버지는 돌아가셨고, 어머니는 연락 두절 상태고요. 보호자는 작은아버지로 되어있는데 아직 연락이 안 되고요. 그런데 특이한 점이 정신과 치료를 오랫동안 받다가 얼마 전 완치 판정받고 나왔습니다. 아무래도 정신병이 좀 있는 듯한데, 민형 씨나 저희나 운이 없었던 것 같습니다."

또 운 타령이다. 나와 그의 상황을 그에게 설명할 수는 없겠지만, 벌써 두 명이 그의 칼에 찔렸다. 경찰 한 명이 칼에 찔린 것은 우발적인 사고였다 치더라도, 내가 그에게 칼에 찔린 것은 명백히 사고가 아닌 사건이었다. 정확히 날 노리고 온 범죄 사건. 그런데도 단순히 불운이라고 여기다니 너무 무책임한 게 아닌가? 내가 아무런 대꾸를 하지 않자 형사는 약간 민망한 표정을 지으며 자리에서 일어났다.

"신원 파악도 끝났으니까 잡는 건 시간문제입니다. 안심하시고 치료 잘 받으세요. 또 연락드리겠습니다."

난 예의상 가벼운 목인사를 했고, 형사 또한 가볍게 인사하며 병실을 떠났다.

난 4주 동안 입원해야 한다는 진단을 받고, 회사에 병가를 냈다. 입원 기간 동안 거의 온종일 침대에 누워만 있었다. 처음엔 어머니가 많은 시간 병실을 지켜주셨지만, 어머니도 일하셔야 했기 때문에 곧 혼자 있는 시간이 늘었다. 다행히 상처 부위는 잘 치료가 되었다. 화장실을 갈 때나 식사하기 위해 상체를 일으킬 때 약간의 통증이 느껴졌지만, 가만히 누워있을 때는 아픔 없이 편하기만 했다. 하지만 몸만 편할 뿐 점점 스트레스는 쌓여갔다. 병실에 혼자 갇혀있기 때문이거나 심심해서가 아니었다. 내 스트레스의 원인은 바로 이영후였다. 나는 가만히 누워있을 때 눈을 감고, 그가 어디 있는지, 어디서 무엇을 하는지 확인하는 데에 많은 시간을 썼는데, 그는 이전과는 다르게 매우 바쁜 시간을 보내고 있었다.

그는 한 번은 내 집에 다시 찾아갔었다. 버젓이 비밀번호를 누르고 내 집에 들어가 소파에 누워 TV를 봤고, 편의점에서 사 온 컵라면과 과자, 빵 등을 내 집에서 편하게 먹기도 했다. 또 배달 음식을 시켜 먹고, 집에서 샤워도 했다. 내 옷장을 뒤져 편한 옷으로 갈아입기도 했고, 내 세탁기로 자기의 옷을 빨아 입기까지 했다.

또 어느 날은 내 회사 앞을 서성였다. 사원증이 없으니 건물 안으로 들어가지는 못했지만, 회사 앞을 서성이다가 내 옆자리에 앉는 김완철 대리가 지나가자 그에게 일부러 말을 걸었다. 그가 김 대리와 무슨 대화를 했는지 소리를 들을 수는 없었지만 김 대리가 방향을 알려주는 것을 봤을 때 길을 물어본 것으로 추측할 수 있었다.

또 하루는 익숙한 동네를 돌아다니는 것을 봤는데, 그곳은 내 어머니가 사시는 동네였다. 그는 아파트 계단에 앉아, 어머니 집 현관문을 계속 쳐다보고 있었다. 그가 어머니 집에 도착했을 때 나는 어머니께 전화해서 조심하라고 말씀드리고 싶었지만, 전화를 하지 않았다. 그가 가만히 현관문의 아파트 호수를 쳐다보기만 하고, 우편함에 있는 우편물을 빼서 주소, 이름을 보는 행동의 목표는 어머니가 아니라는 것을 곧 느낄 수 있었기 때문이다. 그는 나를 자극하기 위해 이러는 것이다. 이미 경찰에서 그를 쫓는 것을 그도 알고 있었을 텐데 그가 저렇게 과감하게 돌아다니는 것은 내가 병원에 가만히 누워서 그의 시선을 보리라는 것을 알고, 나를 괴롭히는 것이 분명했다.

그 뒤로도 2주가 넘는 시간 동안 그가 날 괴롭히기 위해 보여주는 시선을 봐야 했다. 그는 내가 경찰에 신고하거나 지인들에게 위험을 알리지 않을 만큼만의 행동만을 했고, 마치 즐기는 듯했다. 나는 하루빨리 퇴원하기 위해 치료와 휴식에 전념했고, 처음 진단받았던 4주를 며칠 남기고 의사로부터 퇴원 허가를 받을 수 있었다.

월요일 오전 병원에서 어머니와 함께 퇴원 절차를 마치고, 병원을 나왔다. 어머니의 권유대로 어머니 집으로 가기로 했다. 어머니와 함께 점심을 먹고 나서 다시 일하러 가셔야 하는 어머니를 보내드렸다. 그렇게 혼자가 되고 얼마 후 내 핸드폰에 진동이 울렸다. 역시 저장되지 않은 모르는 번호였지만 나는 이영후의 전화라는 것을 알 수 있었다.

"여보세요."
"오, 퇴원했어? 빨리 퇴원했네? 축하해."

그는 이미 내가 오늘 퇴원하고, 방금 어머니가 집을 나가서서 내가 혼자 있는 것까지 다 알고 있었을 것이다.

"축하한다고 했는데, 고맙다는 말도 없네? 섭섭하다."
"쓸데없는 소리 그만하고, 할 말이나 해."

나는 더 이상 그의 의미 없는 장난을 들을 기분이 아니었다. 지난 몇 주 동안 그의 시선을 보면서 혹시나 가족과 친구들에게 나쁜 짓을 할까 봐 얼마나 가슴을 졸였던가. 이제 그를 멈춰야 했다. 그는 내 말을 듣고, 더 이상 장난기 섞인 목소리가 아닌 낮은 목소리로 말했다.

"그래. 이제 병원에서도 나왔으니 우리 만나야지. 오늘 밤 11시 어때?"

"그래. 어디서?"

"너희 어머니 집 근처에 큰 공원 있던데, 너도 알지?"

"그래. 공원 어디?"

"내가 너희 어머니 산책할 때 따라가서 많이 가봤는데, 공원 중간에 큰 잔디밭 있더라고, 거기 경치도 좋고, 밤에도 안 어둡고 좋던데. 거기 어때?"

"그래. 오늘 밤에 간다."

"야. 내가 혹시나 해서 말하는 건데, 경찰을 부른다던가 헛짓거리하지 마라. 내가 너 다 보고 있는 건 알지? 조금만 이상한 짓하면 난 안 간다."

"쓸데없는 걱정하지 말고, 늦지나 마."

"이제 좀 말이 통하네. 그러면 밤에 보자."


이 말을 끝으로 그는 전화를 끊었다. 핸드폰을 내 옆 소파에 내려놓고, 크게 한숨을 쉬었다.


'하…. 드디어 오늘 끝나겠구나. 어떤 식으로든.'

# 010

# *The last*

약속한 시각보다 10분 정도 먼저 공원에 도착했다. 어렸을 때 많이 와봤던 공원이어서 매우 익숙했지만 이렇게 늦은 시간에 와본 적은 없었는데 한적한 공원 분위기에 약간 음산한 느낌마저 들었다. 그가 말한 공원 중앙에 있는 넓은 잔디밭에 도착해 한쪽 편에 있는 벤치에 앉았다.

아직 그를 만나지는 못했지만 몹시 떨렸다. 사실 그가 만나자고 했을 때 겁부터 난 것이 사실이다. 하지만 그가 내가 아는 사람들 주위를 맴도는 것을 지켜보는 것은 너무나 괴로운 일이었기 때문에, 나는 그를 막아야만 했다. 그 방법이 그를 만나는 수밖에 없다고 생각했고, 그래서 어쩔 수 없이 이 자리에 나온 것이다. 경찰에게 미리 이 사실을 알릴까도 생각해봤지만, 그가 미리 경고했듯이 그가 모르게 경찰에 연락하는 일은 쉽지 않았을 것이다. 그리고 만약 내가 경찰에 연락한 것을 그가 미리 알게 된다면 그는 또다시 숨어버릴 것이고, 다시 내 주위를 맴돌며 나를 괴롭힐 것이 분명했다. 그래서 경찰을 포함해 그 누구에게도 오늘 약속에 대해 말하지 않았다.

그렇다면 오늘 그를 만나 무엇을 해야 할까? 대화로 잘 풀 수만 있다면 가장 좋겠지만, 그럴 수 없다는 것은 이미 나도 잘 알고 있었다. 정말 둘 중 하나가 죽어야만 끝나는 걸까? 그렇다면 오늘 난 그를 죽일 수는 있을까? 정말 만에 하나, 생각하기 싫지만 내가 죽는다면 내 가족, 친구들은 안전해질 수 있을까? 모든 것이 확실하지 않지만, 어찌 됐든 난 오늘 여기에서 이영후를 만날 것이고, 어떤 쪽이든 결론이 날 것이다.

그렇게 몇 분이 지났을 즈음, 저 멀리서 인기척이 느껴졌다. 공원에는 가로등이 몇 개 켜져 있었지만, 그리 밝지는 않았다. 그래서 멀리서 오는 사람이 누군지 쉽게 알아볼 수 있을 정도는 아니었고, 검은 사람 실루엣만 보이는 정도였다. 하지만 나는 그 사람이 이영후라는 것을 알 수 있었다. 느릿느릿한 걸음걸이, 키는 작고, 말랐지만 어딘지 모르게 다부진 느낌이 나는 몸. 그는 이미 내가 이 벤치에 앉아 있는 것을 봤는지 나를 향해 천천히 걸어오고 있었다. 나는 손에 땀이 나고, 팔뚝이 떨리는 것을 느꼈지만, 들키면 안 된다고 생각하며 크게 한숨을 쉬고 자리에서 일어났다. 나도 그를 향해 천천히 잔디밭 안쪽으로 걸어 들어갔다. 그렇게 수십 걸음 후 우리는 약간의 거리를 둔 채 마주 서게 되었다.

"오랜만이네, 퇴원은 잘했어?"
"다 봤을 거 아니야, 내가 오늘 퇴원하는 거."

그는 여전히 나를 비웃는 듯한 얼굴로 히죽히죽 웃으며 말을 했다. 언제봐도 소름 끼치고 기분 나쁜 웃음이다.

"너 병원에 있어서 내가 얼마나 심심했는지 알아?"
"그래서 그렇게 내가 아는 사람들 주위를 돌아다녔어? 나 보라고?"
"너 병원에서 심심할까 봐 내가 대신 돌아다녀 준 거야. 친구들도 보고, 가족들도 보고, 얼마나 좋아. 병원에 편하게 누워서 보기만 해도 되고."

지난 몇 주 동안 그가 나에게 보여주었던 장면이 다시 생각나서 갑자기 화가 났다. 보란 듯이 내 집에 들어가 음식 배달을 시켜 먹고, 어머니에게 접근해 내 친구처럼 반갑게 인사를 하고, 내 회사 앞을 서성이고…. 이게 날 위해서였다고? 더 이상 그에게 이런 얘기를 듣고 싶지도 않았고, 빨리 그의 말대로 우리 관계를 마무리 짓고 싶어졌다.

"네 말대로 둘 중 하나가 죽어야 끝나는 거지?"

그가 내 말을 듣자 환하게 웃으며 대답했다.

"아, 이제야 말이 통하네. 이제야 내 말을 이해한 거야? 그래, 우리 둘 중 한 명이 죽으면 깔끔하게 끝나. 다시는 너랑 나랑 엮일 일이 없는 거야. 얼마나 간단해."

그렇다. 그의 말대로 정말 이 방법밖에 없어 보였고, 나도 이제 받아들여야 할 것 같았다. 마지막으로 나는 한 가지만 확인받고 싶어졌다.

"그럼, 만약에 내가 죽으면, 더 이상 내가 아는 사람들 안 괴롭힐 거지? 그건 확실한 거야?"
"야, 내가 언제 괴롭혔다고 그래?"

그는 섭섭하다는 표정을 지으며 대답했다.

"그리고, 너도 없는데 내가 무슨 재미로 너 아는 사람들 주위를 돌아다니겠냐?"

어차피 그는 나를 괴롭히기 위해 그랬던 거니 내가 없다면 더 이상 그럴 이유도 없겠다는 생각이 들어 그를 믿기로 했다. 나는 결심을 하고 숨을 크게 들이마셨다가 내쉬면서 그에게 말했다.

"그래. 네 말대로 오늘 결판을 내자."

그는 그 특유의 기분 나쁜 웃음을 지으며 대답했다.

"그래, 그래. 그동안 지겹게 따라다니더니 오늘에서야 끝나겠네."

그는 신나는 듯한 표정을 지으며 장갑을 낀 두 손의 손가락을 차례로 접었다 펴기를 반복했다. 나도 오른쪽 발을 약간 뒤로 빼며 비스듬히 선 자세로 주먹을 쥔 두 손을 가슴 높이로 들었다. 그때 갑자기 그의 칼 생각이 났다.

"야, 잠깐만."

그는 한숨을 쉬며 대답했다.

"아이, 또 뭐야?"
"너 칼 있지?"

그는 김이 빠진 듯한 표정을 지으며 대답했다.

"에이, 눈치가 전혀 없지는 않네."

그는 뒷주머니에서 조그만 칼을 꺼냈다.

"혹시나 해서 가지고 있었던 건데 들켜버렸네?"

그는 또다시 히죽히죽 웃으며 칼날을 덮고 있던 칼집을 빼고, 칼을 이리저리 흔들어 보였다. 칼이 크지는 않았지만, 공원 가로등 불빛에 칼날이 반짝거렸다. 그는 곧 칼을 나에게 휙 던졌다. 나는 나도 모르게 그 칼을 잡으려고 두 손을 뻗었다가 놀라서 뒷걸음질을 쳤고, 칼은 내 앞에 떨어졌다.

"아이고, 겁은 그렇게 많아서 여긴 어떻게 왔냐?"

그가 날 조롱하듯이 비웃으며 말했다. 나는 칼이 떨어진 곳으로 한 발짝 다가가 조심스럽게 칼을 집었다. 만약 내가 이 칼을 사용하면 어떻게 하려고 나에게 던졌을까 싶었지만, 그는 이미 내가 이 칼을 사용할 용기도 없다고 생각한 것 같았다. 칼을 잡고 망설이는 나에게 그가 말했다.

"왜 가만히 있어? 오늘 나 죽이러 온 거 아니야? 와서 찔러 봐?"

그의 말대로 오늘 난 그를 죽이러 온 것이 맞지만, 칼로 싸워야겠다는 생각은 들지 않았다. 칼을 써보지도 않은 나에게는 오히려 이 칼을 들고 있는 것이 위험할지도 모른다는 생각이 들어서 칼을 버리기로 했다. 하지만 그렇다고 이 칼을 그에게 다시 주는 것도 아닌 것 같았다. 그래서 나는 잠시 망설이다가 그와 나에게서 먼 곳에 있는 나무들이 있는 곳으로 있는 힘껏 던져버렸다. 칼이 날아가는 모습을 보더니 그가 말했다.

"뭐야, 칼 없이도 나 정도는 우습다 이거야? 이거 자존심 상하네."

그는 기분 나쁘다는 듯한 말투로 나에게 말했고, 나는 다시 아까와 같은 자세를 잡고 그를 쳐다봤다. 그도 다시 주먹을 들고 나를 쳐다봤다. 나는 그를 쳐다보며 옆걸음으로 그의 주위를 돌기 시작했다. 마땅히 어떤 기회를 노리는 것은 아니었지만 뭐라도 해야 할 것 같아서였다. 그 또한 나에게 시선을 떼지 않기 위해 제자리에서 방향을 돌리며 나를 쫓았다. 주위는 조용했기 때문에 그와 나의 숨소리와 잔디에 스치는 내 신발 소리만이 들렸다.

그때 문득 이런 생각이 들었다. 내가 한 번이라도 싸워본 적이 있었나? 물론 학교 다닐 때 친구들과 다툰 적은 꽤 있었다. 하지만 큰 싸움이 되기 전에 친구들이 서로를 말렸기 때문에 주먹질까지 가본 적이 한 번도 없었다. 다른 사람에게 맞은 적도 없지만 누굴 때린 적도 없었다. 그렇다고 내가 어렸을 때 태권도나 합기도, 검도 등을 배워본 것도 아니었다.

운동이라고 해봐야 최근 몇 년간 숙면하기 위해 했던 달리기와 친구들과 놀 때 했던 농구, 축구, 야구, 탁구 정도의 구기 종목 정도. 거기에 군대도 공익근무요원을 했으니 현역병들처럼 태권도를 배운 적도 없다. 그렇다면 난 오늘까지 단 한 번도 누구와 싸워본 적이 없는 것이었다. 내가 무슨 정신으로 이 자리에 있는지는 모르겠지만 최대한 안 싸워본 티를 내면 안 되겠다고 생각하며 무릎은 약간 굽히고 두 손을 얼굴 쪽까지 올려 방어하는 자세를 취했다.

그런 대치 상황은 그리 오래가지 못했다. 그가 아주 조금씩 나에게 가까워지는 것이 느껴졌기 때문이다. 그 역시 나처럼 약간 비스듬하게 서 있었는데 양발 중 조금 더 앞쪽에 있던 오른발부터 바닥을 조금씩 밀며 나에게 가까워지려 하고 있었다. 나도 조금씩 뒤로 물러나며 거리를 유지하려 했다. 그 순간 그가 나에게 달려들며 두 손으로 나를 잡으려고 했다. 나는 너무 놀라 앞쪽에 있던 왼 다리를 들어 그를 막으려고 했다. 내 발은 그의 배에 맞았고, 그는 작은 신음을 내며 그 자리에 멈춰 섰다. 내 발차기에 맞은 그도 약간 놀란 눈치였고, 난생처음 누군가를 공격해본 나도 놀랐다. 그러고 보니 그는 나보다 키도 작았고, 팔다리도 내가 훨씬 긴 것이 느껴졌다. 아무래도 긴 다리와 팔로 거리를 유지하면서 싸우면 충분히 이길 수 있을 것 같았다. 그도 아마 이것을 알고 나를 잡으려고 달려들었던 것일 수도 있었겠다는 생각이 들었다.

그는 아무렇지도 않다는 듯한 표정을 지으며 다시 나에게 뛰어들 틈을 노리는 것처럼 보였다. 나는 언제든지 발차기를 할 수 있게 오른쪽 다리에 체중을 싣고, 왼쪽 발뒤꿈치를 들었다 놨다 반복했다. 잠시 후 그는 또다시 나에게 달려들었고, 좀 더 자신감이 생긴 나는 그의 가슴을 발로 세게 밀어버렸다. 그는 '억!'소리를 내며 뒤로 주저앉았고, 나는 약간 그에게 밀려 뒷걸음질을 쳤지만 쓰러지지 않고 중심을 잡을 수 있었다. 그는 매우 화가 난 듯한 표정으로 '악!'하고 소리를 질렀다. 그의 목소리에 약간 놀랐지만 앞선 두 번의 공격으로 이렇게만 하면 내가 이길 수도 있겠다는 생각이 들었다. 그는 다시 자리에서 일어나 엉덩이에 묻은 잔디를 털며 분을 못 이기는 듯 씩씩거렸다. 하지만 난 이미 자신감이 붙은 상태였고, 이번엔 그가 달려들 때 발로 미는 것이 아니라 차야겠다고 생각했다. 아까와 같은 자세를 잡고 그가 달려들기를 기다렸다. 그가 달려들면 왼쪽 다리로 미는 것이 아니라 오른쪽 다리로 세게 발차기할 생각으로 그가 달려오기를 기다렸다. 그 또한 많이 싸워본 적이 없는 듯했기 때문에 이번에도 날 잡으려고 뛰어들 것이 분명해 보였다.

그는 아까와 같이 슬쩍슬쩍 나에게 가까워지기 위해 거리를 좁히다가 또 달려들었다. 내 계획대로 되자 나는 뒤쪽에 있던 오른쪽 다리를 있는 힘껏 앞으로 휘둘렀다. 그런데 너무 욕심을 부렸을까? 아니면 물기가 있던 잔디가 문제였을까? 왼쪽 다리가 버티지 못하고 앞으로 미끄러져 버린 것이다. 갑자기 내 몸의 중심이 무너지며 내 오른쪽 다리는 허공을 휘둘렀고, 난 뒤로 넘어져 버렸다. 내 발차기에 놀라 잠깐 움츠러들었던 그는 내가 넘어지는 것을 보고 놀랐는지 잠깐 멈췄다가 넘어진 채 앉은 자세로 있던 내 가슴을 발로 찬 뒤 위로 올라타 나를 주먹으로 때리기 시작했다. 두 팔로 얼굴을 막았지만, 그는 두 주먹을 번갈아 가며 나를 계속 때렸다. 난 정신없이 계속 맞기만 했고, 그는 얼굴뿐만이 아니라 머리, 귀, 목 등 부위를 가리지 않고 주먹질을 해댔다. 나는 한참을 맞고 나서야 뭐라도 해야겠다는 생각이 들었고, 무릎을 굽혀 그의 등을 찍어보려고 했지만, 그에게 전혀 충격을 주지 못했다. 계속 팔로 얼굴을 막고, 다리로는 발버둥을 쳐봤지만 아무 소용이 없었다. 이렇게 맞기만 하면 안 되겠다 싶어 얼굴을 가리고 있던 두 팔을 뻗어 그의 멱살을 잡았다. 얼굴을 가리고 있는 내 팔이 없어지자 그는 내 얼굴 정면을 때리기 시작했고, 난 그 주먹 사이로 이미 이성을 잃은 듯한 그의 얼굴과 그의 눈빛을 아주 잠깐 볼 수 있었다.

그의 주먹을 얼굴로 여러 대 맞고 나서야 두 팔을 쭉 뻗어 그와 나와의 거리를 벌렸다. 그러자 그의 주먹이 내 얼굴에서 빗나가기 시작했다. 그는 팔을 더 뻗어 주먹을 휘둘렀지만 내 코와 턱을 스칠 뿐 정확히 때리지는 못했다. 그러자 그는 주먹으로 내 팔을 때렸고, 난 팔을 굽히지 않기 위해 더욱더 팔을 뻗어 팔꿈치를 곧게 폈다. 그렇게 주먹을 한동안 피했던 나는 숨을 잠깐 고른 뒤 힘을 모아 뻗은 두 팔을 힘껏 내 머리 위로 올려 그를 내 위로 던져보러 했다. 내 계획으로는 그는 내 머리 쪽으로 던져져 난 그에게서 벗어날 수 있을 것으로 생각했다. 하지만 내 생각과는 다르게 그는 던져지지 않았고, 그의 상체가 내 얼굴을 덮은 상태가 되어버렸다. 그는 그 상태에서 나를 또 공격하기 위해 누운 상태로 주먹을 아래로 휘둘렀고, 난 그의 배에 얼굴을 파묻은 채 또다시 옆얼굴과 윗머리를 맞기 시작했다. 그렇게 날 보지도 못한 채 주먹을 마구 날리던 그는 한참을 때리고 나서 곧 팔로 땅을 짚고 몸을 일으키려 했다. 나는 그에게 거리를 주면 또다시 아까와 같은 자세와 상황이 될 것 같아 멱살을 잡던 손을 놓고, 그의 허리를 꽉 안았다. 그는 무릎을 땅에 짚고 팔과 다리로 땅을 밀어 날 떼어내며 일어나려 했다. 하지만 나는 그를 놓치지 않기 위해 그를 더욱더 꽉 껴안았다. 그는 내 팔을 풀기 위해 내 위에서 내 윗머리만을 보며 계속 주먹을 휘둘렀지만 나는 그를 놓치지 않았다. 그렇게 계속 머리를 맞던 도중 오른쪽 무릎을 굽혀 발을 땅을 디뎠다. 두 팔에 더 힘을 주어 그를 더욱더 꽉 잡고, 발로 땅을 힘껏 밀며, 그와 함께 옆으로 굴렀다.

그렇게 반 바퀴를 구르자 내가 그의 위에 올라간 자세가 되었다. 그는 누워서도 계속해서 내 머리를 때렸지만, 난 양 무릎으로 땅을 짚고, 동시에 그의 허리를 감쌌던 두 팔을 풀어 땅을 짚자마자 힘껏 밀어내며 바닥에서 일어났고 드디어 그에게서 벗어날 수 있었다. 그도 곧바로 나를 따라 일어나려 했지만 난 재빨리 그의 가슴을 밟아 그를 다시 눕혔다. 나는 누워있는 그를 오른발로 밟기 시작했고, 배, 가슴을 번갈아 가며 밟고, 누워있는 그의 옆구리와 허벅지를 마구잡이로 찼다. 그는 고통스러워하며 내 발길질을 막아보려 했지만 나는 부위를 바꿔가며 계속 밟고, 차고를 반복했다. 그는 곧 두 팔을 휘저어 내 발을 잡았고, 오른발이 잡힌 나는 그 발을 빼려 위아래로 흔들었지만, 그는 놔주지 않았다. 오히려 그는 몸을 옆으로 틀어 팔과 몸으로 내 오른 다리를 꺼안았다. 나는 발을 빼기 위해 힘껏 다리를 움직였지만, 그는 바닥에서 질질 끌려올 뿐 절대 발을 놓지 않았다. 나는 오른발을 잡힌 상태로 바닥에 딛고, 왼발로 그의 팔과 머리를 찼다. 머리를 맞자 그는 '악!' 소리를 냈다. 나는 한 번 더 차기 위해 왼발을 뒤로 보냈다가 다시 휘둘렀다. 그러나 내 오른발을 잡고 있던 그가 내 발을 비틀었고, 디딤발이 돌아간 나는 그를 제대로 차지 못한 채 옆으로 기울어지며 그의 머리 위로 넘어졌다. 내 골반이 그의 머리 위로 떨어졌고, 이제는 그가 내 밑에 깔린 상태가 되었다.

나는 얼굴을 바닥에 붙인 채로 그가 했던 것처럼 보지도 않고 주먹으로 그의 머리를 때렸다. 그 역시 내 밑에서 내 옆구리를 주먹으로 가격하며 반격했다. 하지만 두 사람 모두 몸을 맞댄 채로 보지도 못하고 주먹을 휘두르다 보니 제대로 맞추지도 못했고, 크게 아프지도 않았다. 그렇게 의미 없는 주먹을 주고받던 중 나는 옆으로 몸을 굴렸고, 그에게서 벗어났다. 나와 그는 거의 동시에 손으로 땅을 짚고 자리에서 일어났다.

자리에서 일어난 그와 나는 서로를 마주 보았다. 처음 만났을 때와 같은 위치에서 같은 거리를 두고 서 있었지만, 그의 모습은 처음과 매우 달랐다. 머리는 헝클어져 있었고, 숨은 빠르게 헐떡이고, 허리는 구부정한 채로 두 손을 무릎 위에 올리고 있었다. 나 또한 매우 힘들었지만, 이영후처럼 제대로 서 있지 못할 정도는 아니었다.

"아주 힘든가 보네?"

난 숨을 크게 들이마신 후 그에게 말했다. 그는 우습다는 듯이 나에게 대답했다.

"지금 네 꼴이나 보고 나서 그런 얘기하지."

나는 눈을 내려 내 몸을 둘러봤다. 바지와 셔츠에는 잔디와 흙이 많이 묻어 있었고, 어깨와 팔 쪽엔 빨간 핏자국도 있었다. 나는 그의 얼굴을 다시 보았지만, 그에게는 피를 흘린 자국은 없었다. 그럼 이건 누구 피지? 나는 손바닥으로 뺨과 귀를 만져보았다. 손바닥에 피가 묻어나왔다. 지금까지는 흥분 상태여서인지 아픈 것을 몰랐는데, 피를 보니 귀와 머리, 얼굴, 몸이 아프기 시작했다. 난 윗머리와 뒤통수를 손으로 만져봤고, 손에 피가 조금씩 묻어나왔다.

"싸움도 어지간히 못 하는 놈이 무슨 자신감으로 여기 나온 거야?"

그는 비웃는 목소리로 나에게 말했다.

기억을 더듬어보니, 처음에 발로 그를 몇 번 밀었던 것, 그가 누워있을 때 발로 몇 번 찬 것을 빼면 난 계속 맞기만 했었다. 누워서 몇 번 그에게 주먹을 휘둘렀지만 제대로 맞힌 것은 거의 없었다. 처음의 자신감은 사라지고, 이대로 가면 진짜 죽을 수도 있겠다는 생각이 몰려왔다. 어떻게 해야 할까? 영화에서 보면 몰래 흙을 손에 쥐고 있다가 상대편의 눈에 뿌려 시야를 흐리게 해서 상황을 역전시키기도 하던데, 이곳 바닥에는 잔디만 있을 뿐 큰 돌멩이도 없었고, 흙 또한 거의 없었다.

"야, 무서우면 지금이라도 도망가 봐, 너 달리기는 잘하잖아."

그의 도발에 기분이 나빴지만 계속 맞기만 하는 것보다는 도망이라도 가서 일단 살아야겠다는 생각이 아주 잠깐 들기도 했다. 하지만 계속 도망 다닐 수도 없고, 오늘 결판을 내기 위해 왔으니 도망치는 것은 방법이 아니었다.

"도망 안 갈 거면 덤비던가. 여기서 밤새울래? 그러니까 칼은 왜 버려, 줄 때 쓰지. 난 또 싸움을 엄청나게 잘하는 줄 알았네."

그때 난 그가 나에게 칼을 던졌을 때 나도 모르게 손을 내밀었던 때가 생각났다. 왜인지는 모르겠지만 어떤 사람에게, 특히 남자들에게 공이나 어떤 물건을 던져주면 그것을 잡으려고 손을 뻗는다. 차라리 아주 세게 던지면 눈을 감거나 피하는데 잡을 수 있을 정도로 살짝 던져주면 그게 칼이라고 해도 잡으려고 손이 나가는 것이다. 그래서 나도 그에게 뭔가 던져주면 그도 그것을 잡기 위해 잠깐 틈을 보이지 않을까 생각이 들었다. 하지만 나에겐 주머니에 있는 핸드폰과 손목에 차고 있는 스마트워치, 단 둘뿐이었다. 나는 손목에서 시계를 풀기 시작했다.

"뭐야. 시계 풀면 뭐 달라져? 영화 흉내 내는 거야?"

그는 비아냥거렸지만 난 시계를 풀어 오른손에 쥐었다. 시계를 던지고 그가 잡으려고 할 때 뛰어드는 게 내 계획이었다. 난 속으로 하나, 둘, 셋을 외치고, 그에게 시계를 던지며 뛰어들 준비를 했다.

그런데 어찌 된 일인지 그는 고개만 살짝 옆으로 기울여 시계를 피해버렸다. 더 높이 던졌어야 했나? 더 살살 던졌어야 했나? 아니면 물건이 날아오면 손이 나가는 건 그냥 나 혼자만의 버릇이었나? 그는 어이없다는 듯 헛웃음을 지으며 말했다.

"뭐야, 지금 공격한 거야? 내가 시계에 맞았어야 하는 거야?"

나 또한 준비한 계획이 너무 쉽게 실패해서 아쉬웠지만, 이 방법 말고는 다른 생각이 나지 않았기 때문에, 에라 모르겠다는 심정으로 왼손으로 주머니에 있는 핸드폰을 빼서 그에게 던지고 달려들었다.

그런데 이번엔 세게 던진 탓인지 그는 핸드폰을 피하지 못하고 이마에 맞았고, '악' 소리를 내며 손으로 이마를 짚고 고개를 숙였다. 나는 곧바로 그에게 달려들어 오른발로 그의 배를 찼고, 그는 바닥에 주저앉았다. 넘어진 그의 머리를 다시 한번 발로 찼고, 그는 뒤로 누워버렸다. 나는 아까처럼 그의 배를 밟고, 가슴을 밟았다. 한 걸음 물러나 옆구리와 다리를 번갈아 가며 찼다. 이번에는 아까처럼 발을 잡히지 않기 위해 그가 손을 움직일 때마다 한 걸음 물러나 그의 팔을 피해 가며 다리와 몸통을 계속 발로 찼다.

그렇게 정신없이 그를 발로 계속 공격하자 누워서 내 발길질을 피하려고 애쓰던 그의 움직임은 얼마 후 점차 둔해지기 시작했다. 나 또한 이미 극도의 흥분 상태였기 때문에 그의 움직임을 신경 쓸 겨를이 없었고, 그 후로도 한참 동안 그에게 발길질을 계속했다. 그의 팔이 점점 힘이 빠져 양옆으로 늘어지는 것을 보고 난 후에는 그의 배에 올라앉아 얼굴을 때리기 시작했다. 이영후가 했던 것처럼 그의 얼굴을 양손으로 번갈아 가며 때렸다. 난 잠시라도 방심하면 안 된다는 생각뿐이었다. 그렇게 한참을 때린 후에야 그의 얼굴이 내 눈에 들어왔다. 이미 한참을 맞아서 얼굴은 피투

성이가 되어있었고, 눈은 초점이 흐려진 상태였다. 그는 이미 나에게 반격할 힘도, 나를 막을 힘도 없어 보였다. 그제야 나도 정신이 번쩍 들었다. 이러다 정말 내가 그를 죽일 수도 있다는 생각이 든 것이다.

"야, 이러다 너 진짜 죽어."

난 그를 때리던 것을 멈추고, 그에게 말했다.

"그래, 어서 죽여. 그래야 끝난다니까!"

그는 말할 힘도 없어 보였지만 겨우 힘을 내어 입에서 피를 튀기며 소리쳤다.

"그만하자. 난 너 죽이기 싫어."

나도 모르게 정신없이 그를 공격했던 나였지만 정신을 차리고 나니 진짜 그를 죽일 용기는 나지 않았다. 그의 배 위에 앉은 채로 상체를 일으켜 가쁜 숨을 몰아쉬었다.

"오늘 여기서 나를 안 죽이면 넌 내 손에 죽어."

그는 누운 채로 날 쳐다보며 말했다. 그는 고개를 옆으로 돌려 침을 뱉었는데 그 침은 붉은 핏빛이 선명했다. 한쪽 눈꺼풀은 찢어진 채로 부어있고, 입술도 찢어져 피가 흐르고 있는 그의 얼굴을 보자 한편으로는 불쌍한 마음이 느껴졌다. 며칠 전 그가 집에 찾아오기 전까지 내 삶은 크게 문제가 없었다.

지난 몇 년 동안 그의 시선에 큰 불편을 느끼지 않고 잘 지내고 있었기 때문에, 그 전으로 돌아간다면 둘 중의 한 명이 죽지 않고도 잘 살 수 있지 않을까 하는 생각이 들어 그에게 이렇게 말했다.

"야, 그냥 전처럼 서로 모르게 각자 살면 되잖아. 왜 이렇게까지 하는 건데?"

그는 크게 뜨지도 못하는 눈으로 날 쳐다보며 말했다.

"전처럼? 웃기고 있네. 넌 잘 살았는지 몰라도 난 아니야. 나는 너 때문에…"

그는 말을 이어가려다 말고 한숨을 쉬었다.

"너 오늘 나를 안 죽이면 네 가족, 친구들 무사할 것 같아? 내가 가만히 놔둘 것 같냐고!"

그는 마지막 힘을 쥐어짜듯 소리쳤고, 그의 말은 며칠 간의 내 기억을 상기시켰다. 어머니를 만나 내 친구라고 거짓말하고, 어머니 집 주위를 서성거리고, 내 친구들을 쫓아다니던 그의 모습이 다시 떠올랐다. 갑자기 다시 화가 끓어오르기 시작했고, 주먹에 힘이 들어갔다.

"닥치지 못해!"

나는 오른손 주먹을 들어 그를 때리려 했다.

"그래, 때려. 때리라고!"

그는 더욱더 날 자극했고, 나한테 맞기를 진심으로 바라는 표정을 하고 있었다. 나는 힘껏 팔을 뻗었고, 나의 주먹은 그의 얼굴이 아닌 얼굴 옆 바닥을 때렸다. 차마 더 이상 그를 때릴 수가 없었기 때문이었다. 그는 내 주먹이 내려칠 때 꼭 감았던 눈을 다시 뜨며 나에게 말했다.

"이런 겁쟁이. 왜, 내가 못 할 것 같아? 내가 너희들 가만 놔둘 것 같냐고!"

그의 말대로 그를 이대로 놔주면 또다시 나를 괴롭힐 것이다. 나뿐만이 아니라 내 주위 사람까지도 위험하게 만들 것이 분명하다. 하지만 그렇다고 내가 한 사람을 죽일 수는 없는 일이다. 그럴 명분도 없고, 그럴 자신, 용기도 없다. 난 몸을 일으켜 그의 옆에 서서 그를 내려다보았다.

"됐다. 그만하자. 네가 계속 괴롭혀도 내가 지켜낼 거야. 가족, 친구들 내가 지켜낼 수 있다고. 그러니까 넌 계속해 봐."

이 말을 남기고 그에게서 돌아섰다. 난 바닥에 떨어진 핸드폰과 시계를 줍고 나서 그를 등지고 걸어갔다. 그는 내 뒤에 대고 소리쳤다.

"웃기지 마! 내가 너 그렇게 편하게 살게 놔둘 것 같냐?"

그는 이렇게 말하고 크게 웃기 시작했다. 웃음소리와 기침 소리가 섞여서 났다. 나는 그를 돌아보지 않고, 천천히 걸어갔다. 그와 멀어지면서 그의 웃음소리 또한 작아졌다.

# 011

# Reverse

땀인지 피인지 뭔가가 계속 얼굴에 흘러내렸다. 나는 티셔츠 앞쪽을 두 손으로 올려 얼굴을 닦았다. 공원 가로등에 비친 내 흰 색 티셔츠는 붉은색으로 얼룩져 있었다. 그제야 주먹과 머리가 아파지기 시작했다. 주먹은 몇 군데 찢어져 있었고, 내 피인지 그의 피인지 모를 많은 피가 묻어 있었다. 그리고 얼굴뿐만 아니라 귀, 뒤통수, 목 등 아까 맞은 곳에 심한 통증을 느꼈다. 먼저 공원 화장실에서 좀 씻어야겠다고 생각했다.

화장실에서 물을 틀고 손과 얼굴을 씻었다. 다친 부위에 물이 닿을 때는 좀 따가웠지만, 핏자국을 씻어내기 위해 물비누와 함께 손과 얼굴을 계속 문질렀다. 피를 닦아내도 상처가 보였고, 한쪽 광대뼈 쪽은 부어있고, 얼굴이 엉망이었다. 평생 이렇게 얼굴을 다쳐본 적은 없었기 때문에 이런 얼굴을 보는 게 처음이었다. 그래도 죽지 않고 살아있는 게 얼마나 다행인지 모르겠다고 생각했다.

화장실에서 나와 공원 입구 쪽으로 걸어갔다. 이 공원에 들어오고부터 지금까지 이 공원에서 이영후를 제외하고는 아무도 보지 못했었는데, 공원 입구에서 빠른 걸음으로 두 명이 걸어오는 것이 보였다. 이 늦은 시간에 공원에 누가 오는 걸까 궁금했지만 누구에게라도 지금의 내 상태를 보여주는 것은 괜한 오해를 만들 것 같아 다시 화장실 쪽으로 몸을 돌려 걸어갔다. 그때 그 사람 중 누군가가 말했다.

"김민형 씨?"

나는 놀라서 그를 쳐다봤고, 두 사람 중 한 명의 얼굴을 알아볼 수 있었다. 강수호 형사였다. 나는 그가 여기 왜 왔는지 궁금했고, 그 역시 내가 왜 여기 있는지 궁금해하는 표정이었다.

"형사님, 여기 무슨 일이세요?"
"우리는 이영후 만나러 왔는데요. 민형 씨는 이 시간에 여기서 뭐 하세요?"
"이영후요?"

그를 만나러 왔다고? 형사는 그가 여기에 있는 것을 어떻게 알고 왔을까 궁금했다. 두 형사는 내 옷차림과 얼굴을 보고 약간 놀라는 듯했으나 이내 의심의 눈빛으로 나를 살펴보며 말했다.

"이영후가 자수하겠다고 전화해서 이 시간에 이 공원에서 만나기로 했거든요. 혹시 먼저 만났어요?"
"네? 자수요? 저한테도 만나자고 연락해 와서 좀 전에 만나고 오는 길인데요."

도대체 무슨 일인지 이해가 가지 않았다. 나한테는 경찰은 부르지 말라고 당부하더니, 나에게 결판을 내자고 불러낸 곳으로 경찰을 불렀다? 그것도 자수하겠다고? 이해가 가지 않아 아무 말도 하지 않고 눈만 깜빡이며 형사를 쳐다보기만 했다.

"무슨 일인지 모르겠지만 우선 같이 가시죠."

형사는 이렇게 말하고 같이 온 다른 형사에게 눈빛을 보냈다. 그를 본 다른 형사가 내 옆으로 다가와서 팔짱을 끼었다.

"같이 가시죠."

형사가 팔짱을 끼며 나를 이끌자 끌려가는 것 같이 기분이 썩 좋지는 않았지만 나 역시 이영후의 의도가 궁금했기 때문에 그가 있던 공원 잔디밭으로 걸어갔다. 얼마 지나지 않아 잔디밭이 보이기 시작했을 때 나는 형사들에게 말했다.

"저기 가운데에서 만났어요."

난 그가 쓰러져있던 곳을 가리켰다. 그런데 그가 보이지 않았다. 목을 빼서 내가 가리키는 곳을 쳐다봤던 형사는 아무도 보이지 않자 나를 쳐다봤다. 분명히 저 한복판에 쓰러져있었는데 그가 보이지 않자 나도 당황스러웠다. 형사들을 이끌며 잔디밭 가운데로 걸어갔다.

"분명히 여기 있었는데."

우리 셋은 주위를 둘러보기 시작했다. 그때 형사 한 명이 나무가 있는 쪽을 가리키며 말했다.

"반장님, 저기 누가 있는데요?"

그가 가리킨 곳에는 몇 그루의 나무가 있는 곳이었는데 이영후가 누워있는 것이 보였다. 나와 형사 둘은 그곳으로 서둘러 걸어갔다. 그런데 어느 정도 그에게 가까워졌을 때 나는 너무 놀라 걸음을 멈췄고, 형사 두 명은 그의 옆으로 뛰어갔다. 그는 누워서 숨을 헐떡이고 있었고, 그의 배에는 칼이 꽂혀 있었다.

"이영후, 정신 차려!"

형사는 이영후의 얼굴과 어깨를 흔들며 말을 시켰다. 나는 무슨 일인지 이해할 수 없어 몇 발짝 떨어진 거리에서 이 상황을 쳐다보기만 했다. 이영후는 고개를 돌려 형사를 쳐다보았다.

"이영후. 자수한다더니 무슨 일이야?"

이영후는 제대로 숨을 쉬지 못하는 상태로 나지막이 말했다.

"자수하기 전에 사과하려고 먼저 만났는데…"

그는 이렇게 말하고는 내가 있는 쪽을 쳐다봤다. 강 형사도 나를 쳐다보며 말했다.

"김민형 씨, 무슨 일이 있었던 겁니까?"

나는 너무 놀라서 말이 나오지 않았고 입만 벌리고 있었다. 강 형사는 다른 형사를 쳐다봤다. 그 형사는 전화로 구급차를 부르고 있었는데, 그 형사가 전화를 끊자 강 형사가 말했다.

"조 형사, 잡아."

그 형사는 나에게 다가와 다시 팔짱을 끼었다. 아까와 똑같은 자세였지만 좀 더 세게 잡았다는 것을 느낄 수 있었다. 나는 상황이 이상하게 흐르는 것 같아 정신을 차리고 말했다.

"제가 한 게 아니에요. 싸우긴 했는데 제가 찌른 게 아니에요. 칼도 제 것이 아니라 이영후, 저 사람 칼이에요! 확인…."

내 집에 그가 찾아왔던 그날처럼 지문을 확인해 보라는 말을 하려고 했지만, 말을 멈췄다. 그가 손에 끼고 있는 장갑이 눈에 들어왔을 때 뭔가 싸한 느낌이 들었기 때문이었다. 나를 만날 때부터 끼고 있던 장갑이었는데…. 설마….

그가 나에게 칼을 던졌던 것…. 나에게 칼을 잡게 한 것…. 내가 그 칼을 잡고 멀리 던졌던 것…. 설마….

"아! 이영후!"

난 그에게 달려들며 소리쳤지만, 형사가 내 팔을 잡아끌어 더 이상 그에게 가까이 갈 수가 없었다.

얼마 후 공원에는 구급차가 시끄러운 사이렌 소리를 내며 도착해 이영후를 실어 갔고, 난 뒤이어 도착한 경찰차 뒷자리에 타게 되었다. 경찰서로 향하는 순간까지도 이 모든 일이 이해가 가지 않아 머리가 아팠다. 문득 이영후가 병원에서 나에게 했던 말들이 떠올랐다.

'정말 무서운 게 뭔지 알아? 죽는 건 쉬운 거야. 진짜 무서운 건 네 주위 사람이 너 때문에 고통받고, 그걸 보면서 죽지도 못하는 게 진짜 어려운 거지. 그게 진짜 힘든 거야.'

'죽어야지. 둘 중 하나는 죽어야지. 그래야 깔끔하지.'

그는 이걸 다 계획했던 걸까? 자기가 죽으면서까지 날 힘들게 만들고 싶었던 걸까? 도대체 그는 왜 이렇게까지 해야 했을까?

나를 태운 차는 곧 경찰서에 도착했다. 불과 한 달 전 불운한 피해자였던 나는 이제 피의자 자격으로 경찰서에 들어가게 되었다.

# *Opposite*

나는 어려서부터 매일 꿈을 꿨다. 다른 사람들은 밤에 잠을 잘 때만 꿈을 꾼다고 하는데, 나는 밤에는 꿈을 잘 꾸지 않았지만, 오히려 낮에는 계속 꿈을 꿨다. 낮잠을 잘 때뿐만이 아니라 잠깐 눈을 감기만 해도 꿈을 꾸었다. 다른 친구들은 가끔 꿈을 안 꾸기도 하고, 꿈을 꿔도 매번 다른 꿈을 꾼다고 하는데, 나는 항상 같은 꿈을 꾼다. 마치 내가 다른 사람이 된 것처럼 다른 집에서, 다른 가족들과 사는 꿈을 꾼다. 그리고, 다른 친구들은 꿈에서 자기가 하고 싶은 일을 하고, 가고 싶은 곳을 가고, 먹고 싶은 것을 먹는다고 하는데, 나는 꿈에서 내 마음대로 할 수 있는 일이 아무것도 없다. 마치 누가 내 몸을 조종하는 것처럼 그냥 보고만 있을 뿐이다. 그러다 보니 나는 왜 다른 사람과 다를까, 내가 꾸는 꿈이 정말 꿈일까, 내가 눈을 감으면 정말 잠깐씩 잠이 드는 것일까, 의심이 들었고, 고민도 많이 했었다.

처음 이런 꿈을 꾸게 되었을 때는 아마 초등학교 때였던 것으로 기억한다. 처음엔 아주 흐릿하게 보이기 시작했기 때문에 별로 신경을 쓰지 않았다. 마치 밝은 빛을 보고 나면 한동안 눈에 잔상이 남는 것처럼 그런 현상 정도로 생각했다. 그러다 중학교 때쯤엔 점점 선명하게 보이기 시작했는데, 나는 눈을 감아도 뭔가 보이는 게 너무 신기해서 어머니께 이 얘기를 했다. 그러자 어머니는 이렇게 말씀하셨다.

"와~ 우리 아들, 신기한 능력이 있네?"

그때 어머니는 TV를 보고 있으셨는데, 내 얘기를 듣고, 나에게 이렇게 대답하실 때까지 나를 한 번 쳐다보시지도 않았다. 그래서 나는 그 어린 나이에도 이렇게 생각했던 기억이 난다.

'아, 엄마는 별로 관심 없구나.'

그래서 나는 친구들에게 이 얘기를 했다. 친구들은 어머니와는 다르게 내 능력에 꽤 호기심을 가져줬다. 나에게 계속 눈을 감아보라고 했고, 무엇이 보이는지 말해달라고 했다. 그래서 나는 쉬는 시간마다 친구들을 모아놓고, 내 능력을 자랑하듯 내가 보이는 것을 이야기해줬다. 친구들이 모여 내 주위에 둘러앉으면 나는 눈을 감고 내가 보이는 것을 얘기해주기 시작했다.

"나는 지금 학교에 있어. 수업 시간인데 난 맨 뒷자리에 앉아 있어. 교과서를 보니 수학 시간인가 봐. 근데 우리보다 한 살 많은가 봐. 중3이라고 쓰여 있어. 어? 선생님이 나한테 뭐라고 하는데? 나와서 문제를 풀어보라고 했나 봐. 나는 지금 칠판 쪽으로 걸어가고 있어. 칠판에 뭔가 쓰면서 계산하고, 답을 썼어. 선생님이 웃으시는 걸 보니까 맞았나 봐. 나 꿈속에선 똑똑한가 봐."

나는 눈을 감은 채로 내가 보고 있는 것을 친구들에게 그대로 설명해 주었다. 주위에 모인 친구들은 마치 라디오 드라마를 듣듯이 흥미롭게 내 얘기를 들어줬다. 매 쉬는 시간과 점심시간에 아이들은 나에게 모여들었고, 가끔 선생님이 안 계시는 자율학습 시간에도 나에게 조용히 부탁하는 친구가 있을 정도였다. 그래서 난 이 능력이 자랑스러웠다.

그런데 시간이 지나면서 내 얘기를 재미있어하던 친구들이 점차 흥미를 잃고 내 얘기를 들으려고 하지 않았다. 그도 그럴 것이 매일 하는 얘기가 거의 똑같았기 때문이다. 매일 같이 수업 시간

애기, 점심시간 얘기 정도가 다였으니 말이다. 거기에 배우는 과목들도 우리가 아직 배우지도 않은 중학교 3학년 내용이다 보니 나도 그랬지만 친구들도 이해하기 어려웠기 때문이다. 그래도 일주일에 두 번 있는 체육 시간 얘기는 애들이 꾸준히 좋아했었다. 하지만 체육 시간은 내가 이야기하기를 좋아하지 않았다. 왜냐하면 남자 중학교이다 보니 체육 시간에는 축구나 농구, 발야구 등을 자주 했는데 마치 내가 직접 뛰어다니는 것 같아서 그 광경을 보고 있으면 어지러움을 느꼈기 때문이다. 특히 한 번은 철봉에 매달려 회전하는 것을 보고 있었는데, 철봉 위에서 세상이 돌아가는 것을 봤을 때 갑자기 토할 것 같이 속이 좋지 않아 얘기를 끊고 화장실로 뛰어갔던 적이 있었다. 그래서 그 뒤로는 눈을 감았을 때 교실이 아닌 운동장이라면 다시 눈을 뜨고 얘기를 해주지 않게 되었다.

내 능력을 좋아해 주던 친구들이 점점 나에게 오지 않게 되자 난 좀 더 재밌는 얘기를 찾고 싶어졌다. 뭔가 흥미로운 상황이 일어나야 친구들이 다시 내 얘기를 들어줄 것 같았기 때문이다. 그래서 나는 시간이 될 때마다 눈을 감고, 내 꿈을 들여다보았다. 쉬는 시간뿐만 아니라, 수업 시간 도중에도 고개를 숙이고, 책으로 가리면서 계속 눈을 감고 있었다. 그러자 선생님은 내가 수업 시간에 잠을 자는 것으로 생각하시고 몇 번씩이나 나를 혼내셨다. 그래도 나는 뭔가 재밌는 일이 일어나지 않을까 하고 책을 보는 척하며 눈을 감고 있는 것을 계속했다.

결국 선생님은 도저히 안 되겠다 싶으셨는지 우리 부모님께 연락하셨고, 어머니가 학교에 다녀가셨다. 그날 저녁, 난 집에서 처음으로 어머니께 정말 크게 혼이 났다. 왜 학교에서 공부는 안 하고, 잠만 자는지, 집에서 밤에 잠을 안 자고 뭘 하는지 물으셨다.

"엄마, 나 학교에서 자는 거 아니야. 눈을 감으면 꿈을 꾸는데 무슨 꿈을 꾸는지 그걸 보고 있는 거야. 그걸 얘기해주면 친구들이 좋아하거든. 나 학교에서 인기 진짜 많아."

지금 생각해도 말도 안 되는 소리였다. 어머니는 내 말도 안 되는 변명에 너무 황당하셨는지 몇 초 정도 아무 말씀도 안 하셨던 기억이 난다. 그때는 그 침묵이 내 얘기를 믿어주시는 걸로 착각하고 난 이렇게 말했다.

"내가 엄마한테도 얘기해줄게. 지금은 어떤 꿈이 보이는지 얘기해줄 테니까 조금만 기다려 봐."

난 항상 그랬듯 눈을 감고, 몇 초를 기다려보았다.

"나는 지금 밥을 먹고 있어. 숟가락에 밥이 있는데 거기에 김을 한 장 올려서 먹었어. 어떤 아줌마가 멸치가 있는 반찬 그릇을 밀어주는데, 아마 이것도 먹으라고 하는 것 같아. 아, 근데 저 아줌마가 엄마인 거 같아. 내가 여러 번 봤어."

이 말을 끝으로 난 눈을 뜰 수밖에 없었다. 어머니가 내 팔뚝을 손으로 세게 때리셨기 때문이다. 난 아직도 그때 어머니의 표정이 생생히 기억난다. 그렇게 무서운 어머니의 얼굴은 그전까지 본 적이 없었기 때문이다. 난 어머니에게 한참을 더 혼나고 나서야 방에 들어갈 수 있었고, 깜깜한 방에서 혼자 이불을 뒤집어쓰고 한참을 울었다. 그 와중에도 눈을 감으면 꿈속의 내가 보였는데, 그날 꿈속에서의 모습을 나는 아직도 생생히 기억난다. 꿈속에서의 나는 너무나 행복한 시간을 보내고 있었다. 가족들과 맛있는 식사를 하고, 누구의 생일이었는지 생일 케이크가 있었고, 케이크에 꽂힌 초에 불을 붙이고, 다 같이 노래를 부르고 있었다. 난 그날 꿈속의 내가 진짜 나였으면 좋겠다고 생각했고, 꿈속의 나와는 반대로 어머니께 혼나기만 하는 내 현실이 너무 슬퍼 펑펑 울었던 기억이 난다.

나는 그 뒤로 눈을 감고 꿈을 보던 것을 멈추려고 많이 노력했다. 부모님께도 다시는 학교에서 그러지 않겠다고 몇 번을 빌었고, 학교에서도 꿈을 보는 일을 더 이상 하지 않았다. 그렇게 조용히 지낸 지 며칠이 지났을 때 내 앞자리에 앉던 친구가 나에게 이렇게 말했다.

"야, 너 꿈꾸면서 얘기해주던 거 다 거짓말이었다며?"

쉬는 시간에 내 주위에 친구들이 모일 때마다 자기 자리를 빼앗겨야 했던 이 친구는 전부터 나를 곱게 보지 않았다는 것을 알고 있었다. 내가 선생님께 혼나고 자리에 돌아올 때 책 뒤에 숨어 몰래 웃고 있던 모습도 내가 분명히 기억하고 있었다. 요즘 들어 점점 친구들이 내 주위에 모이지 않게 되자 아마 이를 쌤통이라고 기분 좋게 생각했을 것이다. 그런데 내가 이제 그 꿈을 꾸는 일을 멈추고 나니 나를 비꼬기 위해 이런 말을 하는 것이 분명했다.

"뭐? 거짓말 아니었거든?"
"그래? 그런데 왜 요즘은 안 해? 그 대단한 능력이 없어진 거야? 원래부터 없었던 건 아니고?"
"아니라니까!"

"그래? 그런데 그 능력이 이제 나한테 왔나 봐, 나도 눈을 감으면 꿈을 꿔. 애들아, 잘 봐."

그러더니 그 친구는 눈을 감고 큰 소리로 이렇게 말하기 시작했다.

"아, 보인다. 나는 영화배우야, 지금 영화를 찍고 있어. 내 옆에 톰 크루즈가 있어. 나랑 엄청 친해. 그 옆에는 성룡도 있어. 사람들이 나한테 사인해달라고 해서 내가 사인도 해주고 있어!"

이 말을 듣던 주위의 다른 친구들이 재밌다고 웃기 시작했고, 난 한순간에 조롱거리가 되어 있었다.

"그만해!"

내가 소리쳤지만, 그 친구는 멈추지 않았다.

"내가 돈이 엄청 많아, 내 앞에 돈다발이 엄청 많은데, 다 달러야. 난 사람들한테 돈을 막 뿌리고 있어!"

친구들의 웃음소리는 더 커지기 시작했고, 난 화를 참지 못하고, 그 친구에게 주먹을 날렸다. 그 친구는 눈을 감은 채로 내 주먹을 맞고, 뒤로 쓰러졌다. 그러자 교실 안은 갑자기 조용해졌다. 그때 누군가가 '피다!'라고 소리를 질렀다. 나에게 맞고 넘어진 그 친구는 뒤로 넘어지면서 책상에 부딪혔는데, 머리를 부딪혔는지 그 친구가 누워있는 바닥 머리 주위에 피가 흐르기 시작했다. 갑자기 교실 안에 비명이 나기 시작했고, 그 친구도 피를 보자 큰 소리로 울기 시작했다. 곧 선생님이 뛰어오셔서 그 친구를 안고 양호실로 가셨다. 얼마 후 학교에는 구급차의 사이렌 소리가 들려왔고, 그 친구는 병원으로 옮겨졌다는 소식을 들을 수 있었다.

이번엔 우리 부모님 두 분 모두 학교에 오셔야 했다. 교무실에서 아버지와 어머니는 선생님 몇 분과 그 친구의 부모님께 크게 혼이 나셨고, 몇 번이나 굽신거리며 사과하는 모습을 난 옆에서 지켜봐야만 했다. 나는 그 모습에 너무 화가 나서 그 친구가 먼저 나에게 거짓말을 한다며 놀렸다고 큰 소리로 화를 냈다. 그러자 아무 말 없이 조용히 고개를 숙이고 계시던 아버지가 사람들 앞에서 내 뺨을 크게 때리셨고, 난 그 뒤로 한마디도 할 수 없었다.

그날 밤, 부모님은 날 방으로 부르셔서 앉으라고 하셨다. 두 분

모두 한참 동안 아무 말씀이 없으시다가 처음으로 아버지가 입을 떼셨다.

"처음부터 한 번 자세히 얘기해 봐라. 솔직하게 한 치의 거짓 없이 얘기해 봐."

조용하고 단호한 아버지 말씀에 난 내가 가진 능력에 대해 가감 없이 솔직하게 다 말씀을 드렸다. 중간중간 어머니는 혀를 차며 한숨을 쉬셨지만, 그럴 때마다 아버지는 가만히 있으라며 어머니를 말리셨다. 내 얘기를 다 들으신 뒤, 아버지는 한참 동안 말없이 가만히 앉아만 계셨다.

"그래, 네가 한 말 다 사실이지?"
"여보, 그걸 믿어요? 말이 되는 소릴 해야지."
"조용히 해. 부모가 안 믿으면 누가 믿어줘."

아버지는 어머니에게 이렇게 말씀하신 뒤 나를 보시며 말씀하셨다.

"이제 잘 알겠으니까 그만 들어가서 자라."

난 두 분께 인사를 한 뒤 방에 가서 누웠다. 그 뒤로 부모님이 싸우시는 목소리가 어렴풋이 들렸지만, 아버지의 단호한 태도에 어머니가 화를 누그러뜨리고 아버지의 의견을 따르시기로 했던 것 같았다.

난 바로 다음 날부터 병원에 다니게 되었다. 처음은 안과가 시작이었다. 동네 안과에서부터, 부산의 큰 대학병원, 나중엔 서울에 있는 큰 종합병원까지 가게 되었다. 하지만 나는 모든 의사가 내 말을 대수롭지 않게 듣는 것을 쉽게 느낄 수 있었다. 가끔 내가 말을 할 때 뒤에 서 계시던 어머니조차 한숨을 쉬시는 것을 들었는데, 그때마다 내가 큰 잘못을 저지르고 있는 죄인처럼 느껴졌고, 나는 점점 소극적인 성격이 되어가고 있었다. 모든 안과에서는 형식적으로 여러 검사를 했고, 당연히 모든 검사 결과는 정상이었다.

그 뒤로는 정신과 병원이었다. 다른 의사들과는 달리 정신과 의사 선생님은 내 얘기를 매우 잘 들어주셨다. 아니 처음에는 그렇게 보였다. 내 말을 모두 다 믿는다고 말씀하셨고, 난 나를 믿어주는 사람이 있다는 것이 고마워서 더욱더 자세히 내가 보는 것을 설명해 드렸다. 하지만 몇 번의 상담이 계속되면서 의사 선생님은 점점 태도가 변하셨다. 나에게 내가 보는 것은 상상일 수도 있다고 얘기하셨고, 점점 그 생각을 내게 주입하려고 하는 것이 느껴졌다. 그때부터 이분 역시 내 말을 믿지 않고 있다는 것을 느끼게 되었다.

계속되는 병원 진료에 우리 가족 모두는 점점 지쳐가고 있었다. 그러던 어느 날 어머니는 나에게 이런 말씀을 하셨다.

"그냥 안 보인다고 생각하면 안 될까? 그렇게 생각하다 보면 진짜 안 보이는 날이 올 수도 있잖아. 응? 엄마 힘들어."

어머니는 눈물까지 흘리시면서 나를 붙잡고 말씀하셨고, 나 역시 눈물을 흘리며 고개를 끄덕였다.

"네…. 그렇게 해볼게요."

그런데 그 말을 들으신 아버지는 어머니께 또 한 번 화를 내셨다.

"어떻게 보이는 걸 안 보인다고 생각해. 영후야. 걱정하지 마. 아빠가 꼭 고쳐줄 거야."

"죄송해요."

나는 눈물을 흘리며 대답했고, 우리 세 가족은 그날 그 자리에서 한참을 울었다.

그 뒤로도 계속되는 병원 진료 때문에 난 학교생활을 제대로 할 수가 없었다. 그건 부모님도 마찬가지였는데, 병원비가 부족해서였는지 어머니까지 일을 나가시게 되었고, 두 분이 점차 지쳐가는 모습이 나한테도 느껴졌다. 곧 우리 집 형편은 점점 어려워지게 되었는데, 아파트에서 빌라로, 빌라 2층에서 더 조그만 빌라 반지하로 이사를 하는 지경에 이르렀다. 나를 원망하셨던 어머니도 점점 말씀이 줄어가셨고, 더 이상 나에게 화도 내지 않으셨다. 나를 계속 지지해주시던 아버지마저 점점 힘없는 모습으로 변해가셨고, 어깨가 축 처져있는 뒷모습을 자주 보게 되었다.

그러던 어느 날 밤, 두 분이 크게 싸우신 날이 있었다. 내가 방에 있을 때 두 분은 거실 겸 주방에서 크게 말다툼을 벌이셨는데, 자세한 내용은 들을 수 없었지만, 원인이 나였다는 것은 분명히 알 수 있었다. 한참을 그렇게 다투신 후 어머니는 방에 들어오셨고, 큰 여행 가방에 짐을 싸기 시작하셨다. 나는 방 한구석에 몸을 웅크린 채로 이불을 뒤집어쓰고 자는 척을 하고 있었고, 어머니가 집을 나가실 때까지 이불에서 나오지 않고 누워있었다. 그날이 내가 어머니를 본 마지막 날이었다.

그날 이후 아버지는 나에게 어머니에 대해 얘기하지 않으셨고, 나 또한 어머니에 대해 전혀 묻지 않았다. 그 뒤로도 나는 아버지와 함께 여러 정신 병원을 방문해 주기적으로 상담 시간을 가졌고, 어느 땐가부터는 아버지 없이 혼자 병원에 다니게 되었다.

그렇게 몇 년을 학교와 병원에 다니던 어느 날, 아버지가 나를 불러놓고 이런 말씀을 하셨다.

"영후야. 이제부터 아빠가 하는 얘기 잘 들어. 아빠는 우리 아들 믿는 거 알지?"

"네. 그럼요."

"그런데 아빠 말고 다른 사람들은 영후 말을 안 믿는 것 같아. 물론 믿기 어려운 얘기니까 그것도 당연한 거지. 그 사람들이 나쁜 건 아니야."

"네."

"영후가 이제 학교에서도 문제도 안 일으키고, 조용히 잘 다니는 건 아빠도 잘 아는데, 다른 친구들 부모님들은 조금 생각이 다르신가 봐. 전에 친구가 다친 일도 그렇고, 네가 정신과 병원에서 상담받는 것도 그렇고 말이야. 그분들은 애들이 너랑 같은 학교에 다니는 게 조금 무서우신가 봐."

"네."

"아빠가 분명히 얘기하지만 네가 잘못된 것은 아니야. 다른 사람들이랑 조금 다른 것뿐이야. 그 이상도 그 이하도 아니야. 그런데 사람들은 잘못된 것이랑 다른 것을 구분 못 할 때가 많아. 그런 건 우리가 이해해야지. 아빠 말 무슨 말인지 이해하지?"

"네. 아빠. 그래서 저 학교 옮겨야 하나요?"

어느 때부터인가 학교 친구들이 날 피한다는 것은 느끼고 있었다. 또 내가 병원에 다닌다는 것이 소문났다는 것을 이미 알고 있었고, 몇몇 친구들은 나를 정신병자라고 부르는 것도 알고 있었다. 결국 다른 친구들의 부모님들은 내가 그분들의 자녀와 같은 학교에 다닌다는 것이 못마땅했던 것 같다.

"그래. 학교에서 네가 학교를 옮겼으면 하는구나."

"그러면 저 어디로 전학을 가면 되나요?"

잠시 대답하지 못하시던 아버지가 약간 뜸을 들이시더니 말씀하셨다.

"그런데 말이다. 병원 선생님이 지금 네 상태로는 정상적으로 학교생활을 하기 힘들 거라고 하시네. 그래서 학교가 아니라 다른 곳에 가야 할 것 같아. 병원에 입원해서 편하게 치료도 받고 그러면 좋을 것 같은데…"
"저보고 정신 병원에 들어가라고요?"

나는 정신 병원에 입원해야 한다는 사실에 순간적으로 놀랐지만, 아버지의 미안해하시는 눈빛을 보고 더 이상 아무 말도 하지 않았다.

"어감이 좀 안 좋아서 그런데, 네 정신이 문제가 있어서 그런 게 아니라 학교 다니면서 상담받기 힘드니까 거기서 생활하면서 의사 선생님들이랑 상담도 좀 더 많이 하고 그러면 좋을 것 같아서 그런 거야. 그리고 아빠가 회사를 옮기게 됐거든. 그래서 아빠가 다른 곳으로 가야 해. 그런데 너 혼자 여기서 학교 다닐 수도 없고, 병원에 있으면서 상담 잘 받고 그러면 더 좋을 것 같아서 말이야. 거기 들어가 있으면 아빠가 평일엔 다른 데서 일하고, 주말마다 갈 거야. 이해해줄 수 있지?"

"어디로 가시는데요?"

"응, 강원도 쪽인데, 지금 회사보다 돈도 더 많이 준다고 하고, 훨씬 일도 편하대. 아빠가 돈 많이 벌어서 올게."

아버지의 눈빛이 흔들리는 것을 애써 모른척하며 말없이 고개를 끄덕였다. 아버지는 고맙고 미안하다고 말씀하시며 날 안아주셨다.

얼마 지나지 않아 아버지는 학교에 오셨고, 교무실에 다녀오시고 나서 나를 데리고 학교에서 나오셨다. 그날이 내 마지막 학교생활이었다. 그리고 며칠 후 나는 한 병원시설에 입소했다. 그곳의 선생님들이 '입원'이 아닌 '입소'라는 말을 강조하시던 걸 보면 정확히 병원은 아니었던 것 같다. 아버지는 내 가방 몇 개를 들고 내 방으로 배정된 곳까지 같이 와주셨다. 내 방과 시설 구석구석을 둘러보시고 나서 나에게 자주 올게라는 인사를 남기시고 떠나셨다.

그곳은 생각보다 괜찮았다. 의사 선생님과 간호사 선생님은 나에게 매우 친절했다. 하루 세 끼 식사도 꽤 괜찮은 편이었다. 다른 환자들은 음식이 맛없다며 불평들을 했지만, 어머니가 집을 나간 이후로 아버지와 둘이 살면서 제대로 챙겨서 식사한 적이 거의 없었기 때문에, 나에게 그곳 식사는 매우 만족스러웠다. 나는 그렇게 큰 불편 없이 생활할 수 있었다. 또 주말만 되면 아버지가 맛있는 음식을 싸 오셔서 같이 좋은 시간을 보낼 수 있었다.

하지만 그렇게 아무런 문제가 없을 것만 같았던 그곳에서의 내 생활은 시간이 지나면서 점점 안 좋아지고 있었다. 내 얘기를 진지하게 잘 들어주시던 의사 선생님은 점점 시간이 지나자 내 얘기를 흘려듣는 듯한 인상을 보이셨다. 그리고 마지막엔 항상 같은 질문을 하셨다.

"아직도 보이니?"

내가 거짓말을 하지 않고 고개를 끄덕이면 의사 선생님은 한숨을 쉬셨다. 간호사들도 비슷했다. 난 상담 시간을 제외하면 특별히 할 일이 없었는데, 방에 있는 것을 제외하고는 허락받을 수 있는 일이 거의 없었다. 간호사들은 내가 정해진 시간 외에 방 밖을 돌아다닌다거나, 다른 사람들과 얘기하려 할 때마다 안된다고 제지하며 방으로 들어가도록 요청했다. 간호사들의 말투는 매우 상냥하고 친절했지만, 태도는 전혀 그렇지 않았다.

그래도 일주일에 한 번씩은 다른 환자들과 간단한 대화나 게임을 즐길 수 있는 시간이 주어졌는데, 난 특별히 다른 사람들과 어울리지 않고, 한쪽 구석에 서서 사람들을 지켜보곤 했다. 내가 볼 땐 다들 별문제가 없는 사람들 같아 보였다. 하지만 누군가 규정에 조금이라도 어긋나는 행동을 한다면 과할 정도로 제지받고, 방으로 끌려가는 것을 여러 번 보았다. 그렇다 보니 나는 이 시설이 정말 병이 있는 환자들의 치료와 안전을 위해 있는 것인지, 아니면 환자들을 제외한, 흔히 정상인이라고 불리는 많은 사람의 안전을 위해 나를 포함한 이 환자들을 이곳에 가둬놓는 것인지 의문이 생기게 되었다. 이런 생각을 하면서 나는 사람들과 어울리기보다는 차라리 마음 편히 방에 있는 쪽을 좋아했다.

결국 나는 방에 앉아 창문 밖을 내다보는 일이 거의 일과의 전부가 되어가고 있었다. 창밖에는 바람도 불고, 나무도 있고, 꽃도 있고, 구름도 지나가고. 아주 느리게라도 시간이 가고 있다는 것을 내가 느낄 수 있게 해주었다. 하지만 시설 안은 하루하루가 똑같았고, 지루하기 짝이 없었다. 하지만 괜찮았다. 어차피 내가 기다리는 시간은 일주일에 한 번, 유일하게 날 믿어주시는 아버지를 만나는 시간밖에 없었으니까 말이다.

아버지는 매주 토요일 열 시에 날 찾아오셨다. 항상 피자, 치킨, 짜장면, 탕수육 등 맛있는 음식을 매번 바꿔가며 사 오셨고, 잘 먹는 나를 항상 미안한 눈빛으로 쳐다보시기만 했다. 나는 괜찮다고, 여기서 생활하기 안 힘들다고, 금방 괜찮아지면 아버지랑 같이 살겠다고 웃으며 말을 했다. 그렇게 아버지와 즐겁게 지내다가 오후가 되면 아버지는 가셔야 했다. 난 매번 시간이 너무 빨리 간 것 같아 아쉬웠지만 애써 밝은 모습으로 웃으며 아버지를 보내드렸고, 난 방으로 돌아와 다시 일주일을 기다리는 일을 계속 반복했다.

그러던 어느 금요일 저녁, 한 간호사가 내 방으로 찾아와 원무과로 오라고 했다. 나는 무슨 일인가 궁금해하며 방을 나와 원무과로 갔다. 내가 도착하자 한 간호사가 전화를 받으라며 전화기를 건네셨다.

"여보세요?"
"영후야, 아빠야."
"네? 내일 오셔서 얘기하시지 무슨 전화까지 하셨어요?"
"아빠가 정말 미안한데, 내일 급한 일이 생겨서 말이야. 내일 못 갈 것 같아. 미안해서 어떻게 하지?"

난 일주일 동안 아버지가 오시는 토요일만을 기다리고 있는데, 못 오신다니 너무 서운했다. 하지만 힘없는 목소리로 말씀하시는 아버지에게 그런 말을 할 수는 없었다.

"괜찮아요. 대신에 다음 주엔 맛있는 거 두 배로 많이 사 오셔야 해요."

나는 웃으며 말했고, 아버지는 정말 미안하고, 이해해줘서 고맙다고 말씀하시고는 전화를 끊으셨다.

그날 이후부터 아버지의 방문 횟수가 점점 줄기 시작했던 것으로 나는 기억한다. 처음엔 한 달에 한 번 정도 못 오시던 아버지가 나중엔 한 달에 한 번 정도 오시는 것으로 바뀌었던 것은 그리 오랜 시간이 걸리지 않았다. 아버지가 못 오실 때마다 하루 전 금요일 저녁에 전화하시던 것도 점점 횟수가 줄어들어서 나는 그냥 기다리는 일밖에 할 수가 없었다. 그곳에서는 내가 외부로 전화하는 것을 허용하지 않았기 때문에 내가 아버지에게 연락을 먼저 할 수도 없었고, 그냥 방에 앉아 이번 주는 오셨으면 하고 바라는 일밖에 할 수 있는 게 없었다.

그 이후로는 가끔 아버지가 오시는 날에도 우리는 이전처럼 대화를 많이 하지 않았다. 어색하게 마주 앉아 서로 의미 없는 대화만 주고받았다. 서로 눈을 마주치는 것도 어색해서 난 고개를 숙이고 있거나, 다른 곳으로 시선을 피했다. 가끔 아버지가 다른 쪽을 보실 때면 아버지를 슬쩍 살펴보곤 했는데, 아버지의 얼굴과 체형이 점점 변하는 것을 금방 눈치챌 수 있었다. 피부는 약간 그을려 점점 어두운 빛을 띠게 되었고, 손톱이나 손바닥도 점점 거칠어졌다. 얼굴빛도 점점 어두워졌고, 항상 꼿꼿한 자세로 앉아 계셨던 이전과 달리 점점 등이 구부정한 자세로 변해가는 것을 느낄 수 있었다. 회사 일을 하시면서 챙겨야 할 어린 아들까지 같이 사는 것보다야 편하시겠지만 그래도 남자 혼자 생활하시는 게 그리 쉬운 일은 아니겠다고 생각하며 나도 빨리 이곳을 벗어나서 아버지를 돌봐드려야겠다고 생각하게 되었다.

그런 생활을 반복하며 여러 번 계절이 바뀌었다. 그러던 어느 여름날 저녁, 간호사가 내 방으로 와서 원장님께서 날 찾는다고 얘기했다. 금요일도 아닌데 아버지가 전화하셨을 리도 없고, 또 아버지가 전화하면 원무과에서 오라고 하는데, 왜 이번엔 원장실일까 궁금했다. 나는 원장실로 가서 문을 두드렸다. 원장님은 나를 보시더니 들어와 자리에 앉으라고 하셨고, 내가 자리에 앉자 맞은편에 앉으신 후 한참 동안 아무 말도 하지 않으셨다.

"영후 씨한테 할 말이 있는데."

"네, 말씀하세요."

"아버님이 말이야. 그… 일을 하시다가 말이야."

원장님은 쉽게 말을 이어가지 못하시고 머뭇거리셨다. 난 아버지에게 안 좋은 일이 생겼다는 것을 직감했다. 하지만 차마 내 입으로 말하고 싶지 않아 원장님이 말씀하실 때까지 기다렸다.

"아버님이 건설 현장에서 일하시다가 떨어지셔서… 돌아가셨다네."

"네? 아버지가요? 저희 아버지 맞아요? 저희 아버지는 그냥 회사 다니시는데요. 왜 건설 현장에서 일하셨겠어요."

난 손이 떨리고, 목소리도 떨렸지만, 절대 내 아버지는 아닐 거라고 믿었다. 아니 믿고 싶었다.

"나도 전화로 연락을 받은 거라 자세한 소식은 모르겠고, 아무튼 지금 장례식장으로 가봐야겠는데. 영후 씨 상황상 혼자 보낼 수는 없고, 나랑 담당 의사 박 선생님이랑 셋이 같이 가기로 했거든? 옷이랑 신발이랑 해서 준비하라고 일렀으니까 곧 방으로 가져

다줄 거야. 빨리 준비하고 출발합시다."

난 얼떨결에 간호사들의 부축을 받고 방으로 갔다. 곧 다른 간호사가 옷을 가져다주었고, 준비해준 옷을 갈아입고 나서 차에 올라탔다. 나는 아무런 생각이 들지 않았고, 제발 장례식장에 있는 사람이 아버지가 아니기만을 빌었다.

몇 시간 뒤 장례식장에 도착했을 때 내 바람은 허무하게 무너졌다. 장례식장 입구 안내판의 이름, 그리고 빈소의 사진은 틀림없이 아버지였다. 난 아버지 사진 앞에 주저앉아버렸고, 너무나 갑작스러운 이 상황에 눈물조차 흘리지 못했다.

정신을 차리지 못하고 앉아 있는 나를 일으켜 세운 사람은 작은아버지셨다. 초등학교 때 명절에 큰아버지 댁에서 뵈었던 게 마지막이었지만 얼굴은 기억하고 있었다. 나는 작은아버지를 알아봤지만 인사를 드릴 정신도 없어서 멍하니 작은아버지 얼굴만 쳐다보았고, 작은아버지는 나 대신 상주의 역할을 해주셨다.

새벽이 되어 장례식장이 텅 비었을 때 작은아버지는 나에게 오셔서 아버지 얘기를 해주셨다.

아버지는 어머니가 떠나신 후 나를 돌보시고 병원을 데리고 다니시느라 회사 일에 소홀해지셨고, 급기야 회사에서 퇴사 통보까지 받으셨다고 한다. 그 이후에 한동안 퇴직금으로 생활했지만 내 병원비를 위해 계속 일을 찾아다니셨고, 건설 현장 일까지 찾으셨다고 한다. 하지만 평생을 사무실에서 일하셨던 아버지는 그런 막노동 일을 잘하시지 못했고, 업체에서는 그 일마저도 아버지에게 잘 주지 않았다고 한다. 그래서 아버지는 수소문 끝에 겨우 초보자도 일할 수 있는 강원도의 건설 현장을 찾으셨다고 한다. 그곳에서 아버지는 평일에 힘들게 일하시면서도 주말마다 아들을 볼 생각에 열심히 일하셨다고 한다. 아버지는 방도 구하시지 않고, 건설 현장 사무실로 쓰는 컨테이너에서 생활하셨는데, 결국 몸이 점점 안 좋아지셨고, 작은아버지가 아무리 병원에 가라고 해도 병원 갈 돈이 어딨냐며 쉬면 괜찮아진다고 그렇게 말을 안 들으셨다고 한다. 그 뒤로 주말에도 나에게 오시지 못하고 좁은 컨테이너에 누워만 있으시던 시간이 늘어났다고 했다. 그러다 결국 오늘 무리해서 일하시다가 발이 미끄러지셔서 4층 높이에서 떨어지셨고, 급하게 병원으로 옮겨졌지만 돌아가셨다고 했다. 난 아무런 대답도 하지 못하고 계속 눈물만 흘리고 있었다.

그 뒤로도 작은아버지와 함께 정신없이 장례와 발인까지 마치

게 되었다. 사흘 동안 교대로 나를 감시했던 시설 선생님들은 모든 절차가 끝나자마자 나에게 이제 돌아가자는 말을 하고, 나를 차에 태워 다시 시설로 데려갔다.

나는 시설에 돌아와서도 며칠을 누워서 천장만 바라봤다. 이 모든 것이 꿈인 것 같았다. 아니 꿈이길 바랐다. 하지만 아무것도 변하는 것이 없었다. 아버지는 다시는 돌아오지 못하는 곳으로 가 버리셨고, 어머니는 어디에 살아계시는지조차 모른다. 작은아버지는 연락처도 모르지만, 내가 안다고 하더라도 이 시설에서 내가 외부로 연락을 자유롭게 할 수도 없다. 난 이제 철저하게 혼자가 된 것이다.

나는 왜 이런 일이 생겼는지 생각해봤다. 내 비참한 삶에 대해 누군가에게 책임을 묻고 싶었다. 이런 능력, 아니 이런 저주를 받고 살도록 낳아준 부모님 잘못일까? 아니다. 분명 돌아가시기 직전까지 나를 위해서 힘든 막노동 일을 하셨던 아버지다. 어머니는 아버지와 나를 버리고 도망가셨지만, 그전까지 우리 가족을 위해 무던히 애쓰셨던 걸 똑똑히 기억하고 있다. 그러면 내 잘못일까? 내가 보이는 것을 안 보인다고 거짓말을 해야 했을까? 계속 숨긴 채 살았어야 하는 것일까? 그냥 모른 척, 안 보이는 척하고 살았으면 모두가 행복했을까? 아니다. 분명 아버지는 나를 믿어주셨고, 내가 거짓말을 하기를 원하지 않으셨다.

그렇다면 누군지 모르지만 나와 연결된 그 사람 때문일까? 그 사람이 없었다면 어땠을까? 이런 저주받은 능력 때문에 나와 우리 가족이 고통받지 않아도 되지 않았을까? 그래. 맞다. 아무리 생각해 봐도 원인은 그 사람 하나밖에 없다.

그 사람이 나와 연결되지 않았다면 내 인생, 우리 가족의 인생이 이렇게 되지는 않았을 것이다. 그 사람이 아니었다면 내가 친구를 다치게 하지 않았을 것이고, 그 사람이 없었다면 우리 부모님이 학교에 불려 와 선생님과 다른 부모님들 앞에서 머리를 숙이고 사과하지 않았을 것이고, 그 사람만 없었다면 어머니도 우릴 버리고 가지 않았을 것이고, 그놈만 없었다면 내가 이 정신 병원에 갇히는 일도 없었을 것이고, 그 빌어먹을 놈만 이 세상에 없었다면 아버지가 이렇게 허무하게 돌아가시지도 않았을 것이다. 그래. 이 모든 불행의 원인은 너 하나다.

이렇게 결론을 내리자 내 머리는 맑아졌다. 난 그 후로 두 가지 일에 몰두했다. 첫째는 그놈에 대해 정보를 모으는 것이었다.

난 눈을 감고, 그놈에 대해 알아내기 시작했다. 이름, 전화번호, 집 주소, 집 현관문 비밀번호, 가족, 친구의 이름과 전화번호, 핸드폰 비밀번호, 인터넷 메일 계정 비밀번호 등 그에 대한 모든 것을 외우고, 또 외웠다. 내가 갇힌 시설에서는 내가 하는 행동 하나하나가 감시되고 있다는 것을 알고 있었기 때문에, 이 정보들을 종이에 기록하는 일 따위는 하지 않았다. 난 몇 년 동안 새로운 지식을 내 머리에 넣은 적이 없었는데, 그 때문이었는지 아니면 시간이 너무나도 많아 잊지 않을 때까지 외운 탓인지 그에 대해 하나부터 열까지, 오히려 그 본인보다 더 많은 모든 정보를 외울 수 있었다.

두 번째 일은 이 시설에서 나가는 일이었다. 이것은 생각보다 쉽지 않았다. 무작정 '이제 눈을 감아도 아무것도 보이지 않아요.'라고 말하는 것은 통하지 않을 것이 분명했다. 나는 시간을 가지고 천천히 변화하는 모습을 보여줘야 했다. 처음엔 약간 흐릿하게 보인다는 것을 시작으로, 점차 보였다, 안보였다 한다고 말하기 시작했고, 점점 안 보이는 횟수가 늘어난다고 얘기했다. 그렇게 난 일 년이 넘게 상담 시간마다 아주 조금씩, 아주 천천히 회복되고 있는 모습을 보여줬다. 그러자 의사 선생님도 점점 내 말을 아주 조금씩 믿기 시작한 것을 느낄 수 있었다.

아버지가 돌아가신 뒤 2년이 조금 넘었을 무렵, 난 결국 그곳에서 나가도 좋다는 허가를 받아냈다. 최종 허가를 받은 날에도 이곳에서 나가도 가족이 없으니 더 머무르고 싶다며 끝까지 연기를 했고, 여러 선생님의 배웅까지 받으며 병원을 나섰다. 나는 마지막까지 아쉬운 얼굴을 하며 손을 흔들었고, 병원에서 멀어졌을 때 거짓된 표정을 풀었다. 그리고 이렇게 나지막이 말했다.

"김민형. 그래, 이젠 네 차례다."

## 작가의 말

저는 물이 반쯤 담긴 컵을 바라보는 두 개의 시선에 대한 이야기를 매우 좋아합니다. 같은 물의 양을 보고 반밖에 남지 않았다고 보는 시선, 반이나 남았다고 보는 시선, 이렇게 서로 다른 생각을 할 수 있는데요. 똑같은 상황에 처했을 때 사람에 따라 긍정적으로, 또는 부정적으로 볼 수 있다는 사실이 저는 매우 재밌다고 생각합니다. 저는 부정적인 생각보다는 긍정적인 생각이 좋다고 교육을 받았었고, 그 의견에 어느 정도 동의하는 편입니다. 하지만 자칫 긍정적인 생각은 낙관적이기도 쉬워서 혹시 모를 위험에 대비하지 못하는 경우가 있을 수도 있고, 부정적인 생각은 실패할 가능성을 염두에 두고, 다가올 수 있는 불운을 준비할 수도 있는 좋은 측면도 있습니다. 물론 어느 쪽이 좋다, 나쁘다는 것은 아닙니다. 다만 저는 예전부터 이런 양면성에 흥미를 느꼈습니다.

이번 글도 이런 생각에서 시작되었습니다. 같은 능력을 갖고 있는 두 사람이 시작은 같지만 한 명은 능력이라고 생각하고, 다른 한 명은 저주라고 생각하면서 두 명이 너무나도 다른 삶을 살게 되는 이야기를 만들어보고 싶었습니다. 물론 서로 다른 가족, 친구, 학교, 가정 형편 등 여러 요인들이 있었겠지만, 각자의 생각과 의지, 같은 상황을 바라보는 시선이 각자의 삶에 가장 큰 영향을 미쳤을 것이라고 생각합니다.

제 개인적인 이야기를 해보자면 저는 어렸을 때는 매우 긍정적이었습니다. 뭐든지 할 수 있다는 자신감도 있었고, 다 잘될 것 같은 생각을 했습니다. 하지만 나이가 들면서 걱정이 많아지고, 겁도 많아졌습니다. 뭔가 불안한 느낌이 드는 때가 많아진 것이 힘들 때도 있지만, 예전보다는 실수가 많이 줄어든 것 같아 좋은 점도 있습니다. 그래서 이전과 같은 자신감이 줄어든 것에 대해 후회를 한다거나 되돌리려고 억지로 노력하지는 않습니다. 그냥 지금 제 자신에 대해 만족하려고 하고, 좋은 점을 찾으려고 노력하고 있습니다.

제 글을 읽어주시는 분들도 지나간 일에 대한 후회보다는 각자의 상황에서 좋은 점을 찾고, 현재의 상황에서 행복을 느끼셨으면 좋겠습니다. 긴 글 읽어주셔서 감사합니다.